Uma noite inesquecível

O Arqueiro

Geraldo Jordão Pereira (1938-2008) começou sua carreira aos 17 anos, quando foi trabalhar com seu pai, o célebre editor José Olympio, publicando obras marcantes como *O menino do dedo verde*, de Maurice Druon, e *Minha vida*, de Charles Chaplin.

Em 1976, fundou a Editora Salamandra com o propósito de formar uma nova geração de leitores e acabou criando um dos catálogos infantis mais premiados do Brasil. Em 1992, fugindo de sua linha editorial, lançou *Muitas vidas, muitos mestres*, de Brian Weiss, livro que deu origem à Editora Sextante.

Fã de histórias de suspense, Geraldo descobriu *O Código Da Vinci* antes mesmo de ele ser lançado nos Estados Unidos. A aposta em ficção, que não era o foco da Sextante, foi certeira: o título se transformou em um dos maiores fenômenos editoriais de todos os tempos.

Mas não foi só aos livros que se dedicou. Com seu desejo de ajudar o próximo, Geraldo desenvolveu diversos projetos sociais que se tornaram sua grande paixão.

Com a missão de publicar histórias empolgantes, tornar os livros cada vez mais acessíveis e despertar o amor pela leitura, a Editora Arqueiro é uma homenagem a esta figura extraordinária, capaz de enxergar mais além, mirar nas coisas verdadeiramente importantes e não perder o idealismo e a esperança diante dos desafios e contratempos da vida.

LISA KLEYPAS

AS QUATRO ESTAÇÕES DO AMOR 5

Uma noite inesquecível

Título original: *A Wallflower Christmas*

Copyright © 2008 por Lisa Kleypas
Copyright da tradução © 2017 por Editora Arqueiro Ltda.

Todos os direitos reservados. Nenhuma parte deste livro pode ser utilizada ou reproduzida sob quaisquer meios existentes sem autorização por escrito dos editores.

tradução: Viviane Diniz
preparo de originais: Silvia Rebello | BR75
revisão: Cristhiane Ruiz, Natalia Klussmann e Rita Godoy
projeto gráfico: Ana Paula Daudt Brandão
diagramação: Abreu's System
capa: Tita Nigrí
imagem de capa: Laura Kate Bradley/ Arcangel
impressão e acabamento: Lis Gráfica e Editora Ltda.

CIP-BRASIL. CATALOGAÇÃO NA PUBLICAÇÃO
SINDICATO NACIONAL DOS EDITORES DE LIVROS, RJ

K72n   Kleypas, Lisa, 1964-
      Uma noite inesquecível / Lisa Kleypas; [tradução Viviane Diniz]. –
  1. ed. – São Paulo: Arqueiro, 2021.
      192 p. ; 20 cm. (As quatro estações do amor; 5)

      Tradução de: A wallflower christmas
      Sequência de: Escândalos na primavera
      ISBN 978-65-5565-157-7

      1. Ficção americana. I. Diniz, Viviane. II. Título. III. Série.

21-70254   CDD: 813
                                              CDU: 82-3(73)

Leandra Felix da Cruz Candido – Bibliotecária – CRB-7/6135

Todos os direitos reservados, no Brasil, por
Editora Arqueiro Ltda.
Rua Artur de Azevedo, 1.767 – Conj. 177 – Pinheiros
05404-014 – São Paulo – SP
Tel.: (11) 2894-4987
E-mail: atendimento@editoraarqueiro.com.br
www.editoraarqueiro.com.br

PRÓLOGO

Era uma vez quatro jovens que compareciam a todos os bailes, recepções e festas da temporada londrina, mas sempre ficavam deslocadas. Passavam noite após noite deixadas de lado, sentadas em cadeiras à parte. Assim, as Flores Secas, como se autodenominavam, começaram a conversar. E perceberam que, embora estivessem disputando os mesmos cavalheiros, ganhariam mais tornando-se amigas em vez de adversárias. E mais do que isso, elas perceberam que gostavam umas das outras. Então decidiram unir forças para arrumarem um marido, começando pela mais velha, Annabelle, e continuando até a mais nova, Daisy.

Annabelle era, sem dúvida, a mais bela das quatro, mas praticamente não tinha dinheiro algum, o que a deixava em maior desvantagem. A maioria dos rapazes solteiros de Londres desejava uma esposa de rosto bonito, mas geralmente se contentava com um belo dote.

Evie era atraente de um jeito não convencional, com seu cabelo flamejante e suas sardas abundantes. Todos sabiam que um dia herdaria a fortuna do pai. No entanto, a péssima fama de seu progenitor – um ex-pugilista de origem simples que agora comandava uma casa de jogos – era um obstáculo difícil de superar. Para piorar, Evie era gaga e terrivelmente tímida. Todos os homens que tentavam conversar com ela depois descreviam a tentativa como uma verdadeira tortura.

Lillian e Daisy eram irmãs, vindas de Nova York. Sua família, os Bowmans, era dona de uma fortuna incalculável, resultado de seus investimentos em uma empresa de fabricação de sabão. Não tinham antepassados importantes, desconheciam regras de etiqueta e não possuíam padrinhos na alta sociedade. Lillian era uma amiga amorosa, mas também decidida e mandona. E Daisy era uma sonhadora que muitas vezes se frustrava por não achar a vida real tão interessante quanto a narrada nos romances que devorava.

Consolando-se e apoiando-se mutuamente a cada dificuldade, tristeza ou alegria, as Flores Secas enfrentaram os perigos da sociedade londrina. Todas se casaram – e, com isso, o indesejado apelido caiu no esquecimento.

Mas a cada temporada surgiam novas Flores Secas. (Naquela época, como agora, sempre havia garotas ignoradas por cavalheiros que deveriam se esforçar, e muito, para serem mais sensíveis.)

Então chegou o Natal em que Rafe Bowman, o irmão mais velho de Lillian e Daisy, veio para a Inglaterra. Depois disso, a vida de uma Flor Seca londrina nunca mais seria a mesma...

CAPÍTULO 1

Londres, 1845

— É oficial – disse Lillian, lady Westcliff, com satisfação, deixando de lado a carta de seu irmão. – Rafe chegará a Londres daqui a 15 dias. E o nome do barco é *Furacão*, o que eu acho bastante apropriado em função do seu noivado iminente.

Ela olhou para Annabelle e Evie, que estavam no chão

do salão trabalhando em um enorme círculo de veludo vermelho. Haviam se reunido em Marsden Terrace, a casa londrina de Lillian, para uma tarde de chá e conversa.

No momento, Annabelle e Evie faziam uma saia de árvore, ou melhor, tentavam salvar o tecido das tentativas anteriores de Lillian. Evie estava cortando um pedaço de fita de brocado que tinha sido costurada de maneira irregular de um lado, enquanto Annabelle se ocupava cortando uma nova borda de tecido e prendendo-a.

A única ausente era a irmã mais nova de Lillian, Daisy, que tinha ido morar recentemente em Bristol com o marido. Annabelle estava ansiosa para ver Daisy e saber se estava feliz com o casamento. Ainda bem que em breve todas estariam reunidas para o Natal em Hampshire.

– Você acha que seu irmão terá alguma dificuldade em convencer lady Natalie a se casar com ele? – perguntou Annabelle, franzindo a testa ao notar uma mancha grande e escura no tecido.

– Ah, não, de jeito nenhum – disse Lillian, despreocupada. – Ele é bonito, charmoso e muito rico. A quê lady Natalie poderia se opor, além do fato de ele ser americano?

– Bem, Daisy disse que ele adora uma farra. E algumas jovens podem não...

– Bobagem – interrompeu Lillian. – Rafe não é nem um pouco farrista. Ah, ele já fez algumas bobagens, mas que homem nunca aprontou nada?

Annabelle não pareceu muito convencida. Embora Daisy, a irmã mais nova de Lillian, fosse considerada sonhadora e romântica, ela também demonstrava um pragmatismo realista que tornava seus julgamentos bastante confiáveis. Se Daisy dissera que o irmão mais velho delas era um farrista, sua afirmação certamente se baseava em indícios fortes.

– Ele bebe e joga? – perguntou Annabelle a Lillian.

Ela franziu a testa com ar cauteloso.

– Às vezes.

– Ele se comporta de maneira rude ou imprópria?

– Ele é um Bowman.

– Ele corre atrás de mulheres?

– É claro.

– Ele já foi fiel a alguma mulher? Já se apaixonou?

Lillian continuou com a testa franzida.

– Não que eu saiba.

Annabelle olhou para Evie com as sobrancelhas arqueadas.

– O que você acha, Evie?

– Farrista – veio de pronto a resposta.

– Ah, tudo bem – resmungou Lillian. – Suponho que ele seja um pouco farrista. Mas isso não pode ser um impedimento para sua corte a lady Natalie. Algumas mulheres gostam de farristas. Veja só Evie.

Evie continuou a cortar obstinadamente a fita de brocado, enquanto um sorriso curvava seus lábios.

– Eu não g-gosto de *todos* os farristas – gaguejou ela, com o olhar fixo no seu trabalho. – Só de um.

Evie, a mais gentil de todas e dona da voz mais suave, era a que parecia ter menos chances de conquistar o coração do notório lorde St. Vincent, o farrista-mor. Embora possuísse uma beleza rara e pouco convencional, marcada pelos seus olhos azuis arredondados e pelo seu cabelo ruivo, Evie era muito tímida. E ainda havia a gagueira. Mas ela também tinha uma reserva serena de força e um espírito valente que, ao que parece, atraíram seu marido.

– E esse ex-farrista obviamente adora você mais que tudo – disse Annabelle. Ela fez uma pausa, observando Evie com muita atenção antes de perguntar de maneira delicada: – St. Vincent está feliz com o bebê, querida?

– Ah, sim, ele... – Evie parou de falar e encarou Annabelle com os olhos arregalados de surpresa. – Como você sabia?

Annabelle sorriu.

– Notei que todos os seus vestidos novos têm pregas na frente e atrás que podem ser afrouxadas à medida que sua barriga aumentar. Isso entregou logo, querida.

– Você está grávida? – perguntou Lillian, deixando escapar um grito de alegria quase infantil. Levantou-se do sofá e sentou-se no chão ao lado de Evie, passando os longos braços em torno dela. – Isso é uma *grande* novidade! Como você está? Tem sentido enjoos?

– Bastou ver o que você fez com a saia da árvore e meu estômago embrulhou... – disse Evie, rindo do entusiasmo da amiga.

Muitas vezes era difícil lembrar que Lillian era uma condessa. Sua natureza espontânea não tinha sido nem um pouquinho domada por sua nova proeminência social.

– Ah, você não deveria estar no chão! – exclamou Lillian. – Aqui, dê-me a tesoura e deixe que eu trabalhe nisso...

– Não! – disseram Evie e Annabelle ao mesmo tempo.

– Lillian, querida – prosseguiu Annabelle com firmeza –, não se aproxime dessa saia. O que você faz com uma linha e uma agulha devia ser considerado um ato criminoso.

– Eu tento – protestou Lillian com um sorriso torto, voltando a calçar os sapatos de salto alto. – Começo cheia de boas intenções, mas então me canso de fazer aquele monte de pontos minúsculos e me apresso. Só que *precisamos* de uma saia de árvore, e uma bem grande. Ou não haverá nada para aparar os pingos de cera quando as velas da árvore estiverem acesas.

– Você se importaria em me dizer que mancha é essa aqui? – perguntou Annabelle, apontando para uma nódoa feia e escura no veludo.

Lillian, sem graça, abriu um sorriso.

– Pensei que talvez pudéssemos deixar essa parte para trás. Derramei um copo de vinho aí.

– Você estava bebendo enquanto costurava? – perguntou Annabelle, pensando que isso explicava muita coisa.

– Esperava que me ajudasse a relaxar. Costurar me deixa nervosa.

Annabelle lhe lançou um sorriso de curiosidade.

– Por quê?

– Porque me faz lembrar de todas as vezes que minha mãe ficava perto de mim enquanto eu fazia meus bordados. Sempre que eu cometia um erro, ela batia nos meus dedos com uma régua. – Lillian abriu um sorriso sem graça, dessa vez sem nenhum sinal de alegria nos seus vívidos olhos castanhos. – Eu era uma criança terrível.

– Você era uma criança adorável, tenho certeza – disse Annabelle.

Ela nunca soubera direito como Lillian e Daisy Bowman tinham se saído tão bem, considerando a sua criação. Thomas e Mercedes Bowman de alguma forma conseguiam ser exigentes, críticos *e* negligentes – o que era uma façanha e tanto.

Três anos antes, os Bowmans haviam levado suas duas filhas para Londres depois de constatarem que nem mesmo sua grande fortuna era suficiente para fazer com que elas se casassem com alguém da alta sociedade de Nova York.

Em uma combinação de trabalho duro, sorte e uma frieza indispensável, Thomas Bowman havia criado uma das maiores saboarias do mundo – e sua empresa crescia com uma rapidez impressionante. Agora que o sabão estava se tornando acessível para as massas, as fábricas de Bowman em Nova York e Bristol mal conseguiam dar conta da demanda.

No entanto, era preciso mais do que dinheiro para se conseguir um lugar na sociedade de Nova York. Herdeiras de famílias não tradicionais, como Lillian e Daisy, não eram nada desejáveis para os rapazes que também buscavam se casar. Portanto, Londres, com seu grupo cada vez maior de aristocratas empobrecidos, era um terreno fértil para que novos-ricos americanos corressem atrás de casamentos.

Ironicamente, os Bowmans haviam atingido sua maior conquista ao casarem Lillian com Marcus, lorde Westcliff. Ninguém acreditaria que o poderoso e reservado conde se uniria em matrimônio a uma garota determinada como Lillian. Mas Westcliff conseguira ver por trás da aparência firme de Lillian a vulnerabilidade e o coração apaixonado que ela tanto tentava esconder.

– Eu era uma peste – disse Lillian francamente –, e Rafe também. Nossos outros irmãos, Ransom e Rhys, sempre foram um pouco mais bem-comportados, embora isso não fosse um grande mérito. E Daisy acabava se metendo nas minhas confusões, mas, na maioria das vezes, ela sonhava acordada e vivia no mundo dos livros.

– Lillian – disse Annabelle, enrolando cuidadosamente uma fita –, por que seu irmão concordou em se encontrar com lady Natalie e os Blandfords? Ele está mesmo pronto para se casar? Precisa do dinheiro ou quer agradar seu pai?

– Não tenho certeza – respondeu Lillian. – Não acho que seja por dinheiro. Rafe fez fortuna com especulações em Wall Street, algumas ligeiramente inescrupulosas. Suspeito que ele possa enfim ter se cansado de entrar em desavença com papai. Ou talvez... – Ela hesitou, e sua expressão se tornou um pouco sombria.

– Talvez...? – indagou Evie calmamente.

– Bem, Rafe exibe uma fachada muito tranquila e despreocupada, mas nunca foi muito feliz. Mamãe e papai foram terríveis com ele. Com todos nós, na verdade. Nunca nos deixavam brincar com quem consideravam inferior a nós. E eles consideravam *todo mundo* inferior a nós. Os gêmeos tinham um ao outro, e é claro que Daisy e eu estávamos sempre juntas. Mas Rafe vivia sozinho. Papai queria que ele fosse um garoto sério e por isso o mantinha isolado das outras crianças. Ele nunca podia brincar ou fazer qualquer coisa que papai considerasse frívola.

– Então ele acabou se rebelando – disse Annabelle.

Lillian deu um breve sorriso.

– Ah, sim. – Seu semblante se fechou. – Mas agora eu me pergunto... O que acontece quando um jovem está cansado de ser sério, e também cansado de se rebelar? Que opções ele tem depois disso?

– Parece que vamos descobrir.

– Quero que ele seja feliz – disse Lillian. – Que encontre alguém com quem se importe.

Evie observou-as pensativamente.

– Alguém já conheceu lady Natalie? Sabemos alguma coisa sobre seu caráter?

– Eu não a conheço – admitiu Lillian –, mas ela tem uma reputação maravilhosa. É uma menina superprotegida que foi apresentada à sociedade no ano passado e despertou muito interesse. Ouvi dizer que é adorável e extremamente bem-educada. – Então fez uma pausa e uma expressão estranha. – Rafe vai apavorá-la. Sabe lá Deus por que os Blandfords estão interessados no casamento. Deve ser porque precisam do dinheiro. Papai pagaria qualquer coisa para trazer mais sangue azul para a família.

– Gostaria que pudéssemos falar com a-alguém que a c-conheça – sussurrou Evie. – Alguém que pudesse aconselhar seu irmão, dar-lhe dicas sobre o que ela gosta, suas f-flores favoritas, esse tipo de coisa.

– Ela tem uma acompanhante – sugeriu Lillian. – Uma

prima pobre chamada Hannah alguma coisa. Quem sabe poderíamos convidá-la para tomar um chá antes de Rafe conhecer lady Natalie?

– Acho que é uma ideia esplêndida! – exclamou Annabelle. – Ainda que ela fale pouco sobre lady Natalie, já poderia ser de grande ajuda para Rafe.

~

– Sim, você deve ir – disse, enfático, lorde Blandford.

Hannah estava diante dele na sala de visitas dos Blandfords, em Mayfair. Era uma das menores e mais antigas casas do elegante bairro residencial, em um pequeno terreno perto do Hyde Park, a oeste.

Composta de belas praças e vias bem amplas, Mayfair era o lar de muitas famílias nobres. Mas na última década surgiram novas construções, mansões grandes demais e imponentes casas em estilo gótico que se ergueram no norte, onde os novos-ricos se instalaram.

– Faça tudo que puder para facilitar uma ligação entre minha filha e o Sr. Bowman – prosseguiu Blandford.

Hannah olhou para ele incrédula. Lorde Blandford sempre fora um homem de discernimento e distinção. Mal podia acreditar que ele fosse querer que Natalie, sua única filha, se casasse com o filho de um rústico industrial americano. Era uma moça linda, educada e bastante madura para seus 20 anos. Poderia ter qualquer homem que escolhesse.

– Tio – disse Hannah com cuidado –, eu jamais ousaria questionar seu julgamento, mas...

– Mas você quer saber se eu perdi o juízo? – perguntou ele, que riu quando ela disse que sim. Então ele indicou a poltrona estofada do outro lado da lareira. – Sente-se, querida.

Eles não costumavam ter oportunidade de conversar a sós. Mas lady Blandford e Natalie estavam visitando um primo que adoecera, e ficara decidido que Hannah permaneceria em Londres para preparar as roupas e os itens pessoais de Natalie para o feriado que se aproximava, em Hampshire.

Olhando fixamente para o rosto sábio e amável do homem que tinha sido tão generoso com ela, Hannah lhe perguntou:

– Posso falar francamente, tio?

Os olhos dele brilharam.

– Achei que você fosse sempre franca, Hannah.

– Sim, bem... Foi por educação que lhe mostrei o convite de lady Westcliff para o chá, mas eu não tinha a intenção de aceitá-lo.

– Por que não?

– Porque só há um motivo para elas terem me convidado: conseguir informações sobre Natalie, e também para me impressionarem com todas as supostas virtudes do Sr. Bowman. E, tio, é claro que o irmão de lady Westcliff não é nem de longe bom o suficiente para Natalie!

– Parece que ele já foi julgado e condenado – disse lorde Blandford com suavidade. – Você é sempre tão severa com os americanos, Hannah?

– Não é por ele ser americano – protestou Hannah. – Ao menos isso não é culpa dele. Mas sua cultura, seus valores, seus anseios são completamente estranhos para alguém como Natalie. Ela nunca poderia ser feliz com ele.

– Anseios? – perguntou Blandford, erguendo as sobrancelhas.

– Sim, por dinheiro e poder. E, embora ele seja uma pessoa importante em Nova York, não tem posição aqui. Natalie não está acostumada a isso. É uma união estranha.

– Você está certa, é claro – disse Blandford, surpreendendo-a.

Ele se recostou em sua cadeira, entrelaçando os dedos magros. Blandford era um homem agradável, de rosto tranquilo. Sua cabeça era grande e bem-proporcionada – a pele careca, bem firme em volta de seu crânio, despencava em pregas mais frouxas em torno dos olhos, bochechas e papada. Seu corpo tinha uma constituição magra e ossuda, como se a natureza tivesse se esquecido de entremeá-lo com a quantidade necessária de músculos para sustentar seu esqueleto.

– É uma união estranha em alguns aspectos – continuou Blandford. – Mas pode ser a salvação de futuras gerações da família. Minha querida, você é praticamente uma filha para mim, então falarei sem rodeios. Não há nenhum filho para herdar o título depois de mim, e não vou deixar Natalie e lady Blandford sujeitas à questionável generosidade do próximo lorde Blandford. Preciso cuidar delas. Para meu profundo pesar, não terei como deixar uma renda satisfatória para as duas, já que a maior parte do dinheiro e das terras dos Blandfords é inalienável.

– Mas há ingleses ricos que adorariam se casar com Natalie. Lorde Travers, por exemplo. Ele e Natalie têm grande afinidade, e ele tem recursos abundantes a seu dispor...

– Recursos *aceitáveis* – corrigiu Blandford calmamente. – Não abundantes. E nada parecido com o que Bowman tem agora, isso sem mencionar sua futura herança.

Hannah estava perplexa. Ao longo de todos os anos de convivência com lorde Blandford, ele nunca externara uma preocupação sequer com a riqueza. Não era algo comum entre os homens de sua posição, que desdenhavam conversas sobre finanças por considerá-las burguesas e deselegantes. O que provocara essa preocupação com o dinheiro?

Ao perceber a expressão no rosto de Hannah, Blandford sorriu, melancólico.

– Ah, Hannah. Como posso lhe explicar isso? O mundo está mudando rápido demais para homens como eu. Há muitas maneiras novas de se fazerem as coisas. Antes que eu consiga me adaptar ao novo modo de fazer algo, tudo muda novamente. Dizem que em pouco tempo a ferrovia cobrirá cada hectare verde da Inglaterra. As massas terão sabão, comida enlatada e roupas prontas, e a distância entre nós e eles ficará bem pequena.

Hannah ouvia com atenção, ciente de que ela, sem fortuna e nascida em uma família não tradicional, estava exatamente na linha entre a classe de Blandford e "as massas".

– E isso é uma coisa ruim, tio?

– Não de todo – respondeu Blandford, após um longo momento de hesitação. – Embora eu lamente que o sangue e a nobreza estejam passando a significar tão pouco. O futuro está diante de nós e pertence a alpinistas sociais, como os Bowmans. E a homens como lorde Westcliff, que estão dispostos a sacrificar o que for necessário para acompanhar o ritmo de todas essas mudanças.

O conde de Westcliff era cunhado de Raphael Bowman. Vinha da linhagem possivelmente mais distinta da Inglaterra, com sangue mais azul do que o da própria rainha. E, no entanto, era conhecido como progressista, tanto política quanto financeiramente. Entre seus muitos investimentos, Westcliff fizera fortuna a partir do crescimento da indústria ferroviária, e era famoso pelo seu grande interesse em assuntos mercantis. Tudo isso enquanto a maioria dos membros da nobreza ainda estava satisfeita em garantir seus lucros a partir da tradição centenária de ter inquilinos em suas terras.

– Então o senhor almeja uma conexão com lorde Westcliff, assim como com os Bowmans – disse Hannah.

– Claro. Isso garantirá à minha filha uma posição muito especial: casar-se com um americano rico e ter um cunhado como Westcliff. Como esposa de um Bowman, ela se sentará na parte menos nobre da mesa... mas será a mesa de Westcliff, e isso não é pouca coisa.

– Entendo – disse ela, pensativa.

– Mas não concorda?

Não. Hannah estava longe de se convencer de que sua amada Natalie deveria se contentar com um homem bronco e grosseirão como marido, só para ter lorde Westcliff como cunhado. No entanto, ela certamente não contestaria a decisão de lorde Blandford. Pelo menos não em voz alta.

– Acato sua sabedoria, tio. Mas espero que as vantagens, ou desvantagens, desta união se revelem rapidamente.

Ele deixou escapar uma risada silenciosa.

– Mas que diplomata você é. Sua mente é bastante astuta, minha querida. Provavelmente mais astuta que o necessário para uma jovem. Melhor ser bonita e cabeça oca, como minha filha, do que não ter grandes atrativos e ser inteligente.

Hannah não se ofendeu, embora pudesse ter questionado as duas colocações. Em primeiro lugar, sua prima era qualquer coisa menos cabeça oca. No entanto, Natalie sabia que não devia ficar exibindo sua inteligência, já que não era uma qualidade que atraísse pretendentes.

E Hannah não se considerava sem graça. Tinha cabelo castanho, olhos verdes, um belo sorriso e um rosto bem razoável. Se pudesse usar roupas e enfeites bonitos, Hannah estava certa de que muitos a achariam bem atraente. Tudo dependeria dos olhos de quem a visse.

– Vá tomar chá em Marsden Terrace – disse lorde Blandford, sorrindo. – Plante as sementes do romance. Uma união precisa acontecer. E, como o poeta tão acertadamente disse: "É preciso que o mundo se povoe." – Ele olhou para ela com expressão séria. – E depois que conseguirmos casar Natalie, sem dúvida você encontrará seu próprio pretendente. Tenho minhas suspeitas com relação a você e o Sr. Clark, sabe?

Hannah sentiu o rosto corar. Durante o ano anterior, ela havia assumido algumas pequenas tarefas como secretária de Samuel Clark, amigo íntimo e parente distante de lorde Blandford. E Hannah alimentara algumas esperanças secretas em relação àquele solteiro atraente, de cabelo claro e não muito mais velho do que ela. Mas talvez suas esperanças não fossem tão secretas quanto pensara.

– Certamente não sei o que quer dizer, tio.

– Tenho certeza de que sabe, sim – disse ele e riu. – Tudo a seu tempo, minha querida. Primeiro vamos garantir um futuro satisfatório para Natalie. E então será a sua vez.

Hannah sorriu para ele, guardando os pensamentos para si mesma. Mas em seu íntimo ela sabia que sua definição de um "futuro satisfatório" para Natalie não era exatamente a mesma que a dele. Natalie merecia um homem que seria um marido amoroso, responsável e digno de confiança.

E Rafe Bowman teria de provar ser esse homem.

CAPÍTULO 2

—Correndo o risco de parecer arrogante, acho que não preciso de conselhos sobre como cortejar uma mulher – disse Rafe, que chegara de Londres no dia anterior.

E agora, enquanto Westcliff estava fora, visitando a fábrica de locomotivas da qual era sócio, Rafe imaginava que deveria tomar um chá com Lillian e suas amigas.

Certamente ele preferiria visitar a fábrica de locomotivas, já que era filho de um industrial e sempre se encantava por novos aparelhos e máquinas. Por outro lado, Lillian lhe pedira para ficar, e ele nunca conseguira lhe recusar nada. Adorava as irmãs, que, na sua opinião, eram as melhores coisas que seus pais haviam feito.

– A Srta. Appleton não vai lhe dar conselhos – rebateu Lillian, bagunçando o cabelo dele carinhosamente. – Nós a convidamos para o chá para que ela possa nos contar mais sobre lady Natalie. Achei que você gostaria de saber mais sobre sua futura noiva.

– Isso ainda está em aberto – disse Rafe, irônico. – Mesmo que eu queira me casar com ela, ainda caberá a lady Natalie decidir se vai me aceitar.

– E é por isso mesmo que você vai ser tão encantador que a Srta. Appleton vai voltar para casa correndo dizendo maravilhas a seu respeito para lady Natalie. – Lillian fez uma pausa e fingiu um olhar ameaçador. – Não vai?

Rafe sorriu para a irmã enquanto embalava a filha dela, Merritt, de oito meses, nas coxas. A bebê tinha cabelo escuro e olhos castanhos como os dos pais, além de bochechas rosadas e mãos pequenas e ávidas. Depois de arrancar um dos botões do colete de Rafe com um puxão determinado, a bebê tentou colocá-lo na boca.

– Não, querida – disse o tio, tirando o botão do punho úmido e fechado de Merritt, que começou a resmungar em protesto. – Sinto muito – acrescentou ele, comovido com a reação. – Eu também gritaria, se alguém tirasse de mim algo tão gostoso. Mas você pode se engasgar com isso, meu amor, e sua mãe me deportaria para a China.

– Só se Westcliff não o alcançasse primeiro – disse Lillian, tirando a bebê aos berros das mãos dele. – Calma, querida. Mamãe não deixará o malvado tio Rafe perturbá-la mais.

Ela sorriu e enrugou o nariz de forma travessa enquanto consolava a filha.

O casamento e a maternidade haviam feito bem a Lillian, pensou Rafe. Sua irmã sempre fora uma criatura obstinada, mas agora parecia calma e feliz como ele jamais vira. Ele só podia creditar isso a Westcliff, embora fosse um mistério como um homem tão distinto e autocrático pudesse operar tal mudança em Lillian. Se tivessem que prever, muitos diriam que a dupla se mataria no primeiro mês de casamento.

Depois que a bebê se acalmara e Lillian a entregara a uma babá para que a levasse para o andar superior, Annabelle e Evie chegaram.

Rafe, então, ficou de pé, curvando-se para as damas quando as apresentações foram feitas.

A Sra. Annabelle Hunt, esposa do empresário ferroviário Simon Hunt, era conhecida por ser uma das mulheres mais bonitas da Inglaterra. Era difícil imaginar que alguém pudesse ofuscá-la. Sua beleza era perfeita: cabelo cor de mel, olhos azuis e um rosto puro e angelical. Sua aparência era capaz de tentar qualquer homem e seu sorriso era tão encantador e expressivo que conseguia deixá-lo imediatamente à vontade.

Evie, lady St. Vincent, não era tão acessível. No entanto, Lillian já havia avisado a Rafe que, por ser tímida, muitas vezes Evie era vista como uma pessoa fechada. Ela era adorável de um jeito não convencional, a pele ligeiramente sardenta, o cabelo exuberantemente vermelho. Seus olhos azuis, apesar de cautelosos, eram amigáveis e transpareciam uma vulnerabilidade que tocou Rafe.

– Meu caro Sr. Bowman – disse Annabelle com uma charmosa risada –, eu o teria reconhecido em qualquer lugar, mesmo sem sermos apresentados. Você e Lillian são muito parecidos. Todos os Bowmans são tão altos e têm o cabelo escuro assim?

– Todos menos Daisy – respondeu Rafe. – Creio que nós, os quatro primeiros, crescemos tanto que não sobrou nada para ela quando chegou.

– O que Daisy não tem em altura – disse Lillian – compensa em personalidade.

Rafe riu.

– Verdade. Quero ver aquela pequena tratante e ouvir de seus próprios lábios que ela se casou com Matthew Swift por vontade própria, e não porque papai a obrigou.

– Daisy ama de v-verdade o Sr. Swift – disse Evie, séria.

Ao som do seu gaguejar, que era outra coisa sobre a qual Lillian havia lhe alertado, Rafe abriu um sorriso reconfortante.

– Fico feliz em ouvir isso – disse ele gentilmente. – Sempre achei que Swift fosse mesmo um sujeito digno.

– Nunca lhe incomodou papai passar a tratá-lo como a um verdadeiro filho? – perguntou Lillian rispidamente, sentando-se e indicando que os outros fizessem o mesmo.

– Muito pelo contrário – disse Rafe. – Fico feliz com qualquer um ou qualquer coisa que tire a atenção do meu pai de cima de mim. Já sofri o suficiente com o maldito pavio curto do velho por toda a vida. Eu só aturo isso até hoje porque quero ter direito sobre parte da expansão europeia da empresa.

Annabelle parecia perplexa com a franqueza deles.

– Parece que não estamos preocupados com a discrição hoje.

Rafe sorriu.

– Duvido que haja muita coisa sobre os Bowmans que Lillian ainda não tenha lhes contado. Então, por favor, vamos dispensar a discrição e passar aos assuntos que interessam.

– As damas de Londres são um desses assuntos? – perguntou Lillian.

– Com certeza. Fale-me sobre elas.

– São diferentes das de Nova York – advertiu Lillian. – Principalmente as mais novas. Quando você for apresentado a uma distinta garota inglesa, ela manterá o olhar fixo no chão, e não vai tagarelar e ser efusiva como nós, americanas. As inglesas são muito mais reservadas, e nem um pouco acostumadas à companhia de homens. Portanto, nem pense em discutir negócios, assuntos políticos ou nada do tipo.

– Sobre o que eu posso falar? – perguntou Rafe, apreensivo.

– Música, arte e cavalos – disse Annabelle. – E lembre-se de que as garotas inglesas raramente dão sua opinião sobre qualquer coisa; elas preferem repetir as opiniões dos pais.

– Mas depois que se c-casam – disse Evie – tornam-se muito mais inclinadas a revelar sua verdadeira personalidade.

Rafe lançou-lhe um olhar irônico.

– E seria muito difícil conhecer o verdadeiro eu de uma garota antes de me casar com ela?

– Quase imp-possível – disse Evie seriamente, e Rafe começou a rir até perceber que ela não estava brincando.

Agora ele começava a entender por que Lillian e suas amigas estavam tentando descobrir mais sobre lady Natalie e sua personalidade. Aparentemente, isso não partiria da própria lady Natalie.

Então, correndo o olhar pelo rosto de Lillian e pelos de Annabelle e Evie, Rafe disse lentamente:

– Agradeço sua ajuda, senhoras. Creio que preciso mais desse encontro do que pensava.

– Quem poderá ajudar mais – disse Lillian – é a Srta.

Appleton. É o que esperamos. – Então abriu as cortinas de renda da janela para olhar a rua. – E, se não me engano, ela acaba de chegar.

Rafe se levantou quando a Srta. Appleton chegou ao hall de entrada. Lillian foi cumprimentá-la enquanto um criado recolhia seu casaco e o chapéu. Rafe sabia que deveria estar agradecido pela visita da velha futriqueira, mas só queria mesmo era conseguir arrancar dela, depressa, as informações que desejava para que pudessem logo dispensá-la.

Olhou sem interesse quando a Srta. Appleton entrou. Ela usava um vestido azul sem graça e bem-feito que se via nas criadas mais importantes.

Seu olhar correu até a elegância da cintura dela, as curvas suaves de seus seios, e então para o rosto. E sentiu uma pontada de surpresa ao ver que ela era jovem, e não devia ter mais do que a idade de Daisy. Pela expressão no rosto dela, via-se claramente que ela, como Rafe, não estava nada contente em ter ido até ali. Mas havia um toque de ternura e humor nas formas suaves da sua boca e uma força delicada no contorno do seu nariz e do seu queixo.

Sua beleza não era fria e imaculada, mas quente e ligeiramente desalinhada. O cabelo castanho, sedoso como uma fita, parecia ter sido preso às pressas. Enquanto tirava as luvas com um puxão firme na ponta de cada dedo, ela olhou para Rafe com seus olhos verdes da cor do oceano.

Aquele olhar não deixou dúvidas de que a Srta. Appleton não o apreciava, nem confiava nele. E nem deveria, pensou Rafe achando graça. Ele não era exatamente conhecido por suas intenções honrosas em relação às mulheres.

Ela se aproximou dele de uma maneira contida que incomodou Rafe por algum motivo. Ao senti-la mais perto, ele quis... bem, não sabia bem o que queria fazer, mas poderia começar pegando-a no colo e atirando-a no sofá mais próximo.

– Srta. Appleton – disse Lillian –, gostaria de lhe apresentar meu irmão, o Sr. Bowman.

– Srta. Appleton – murmurou Rafe, estendendo a mão.

A jovem hesitou, seus dedos pálidos se agitando ao lado das saias.

– Ah, Rafe – disse Lillian apressadamente –, isso não se faz aqui.

– Desculpe. – Rafe recolheu a mão, fitando aqueles olhos verdes translúcidos. – O aperto de mão é comum nos salões americanos.

A Srta. Appleton lançou-lhe um olhar especulativo.

– Em Londres, uma simples mesura é melhor – disse ela com uma voz leve e clara que o fez sentir um calor na nuca. – Embora às vezes uma senhora casada possa trocar apertos de mão, as solteiras raramente fazem isso. Aqui isso costuma ser considerado um costume da classe baixa, e algo bastante pessoal, sobretudo quando é feito sem luvas. – Ela o observou por um instante, com um leve sorriso curvando seus lábios. – No entanto, não tenho nenhuma objeção a começar a seguir o costume americano. – E estendeu a mão esguia. – Como se faz?

O calor inexplicável se estendeu da nuca de Rafe para seus ombros. Ele pegou a mão delicada dela na sua, tão maior, surpreso com a pontada em seu abdômen, uma aguda sensação de alerta.

– Um aperto firme – começou ele – geralmente é considerado...

Ele parou, incapaz de falar quando ela, de maneira cautelosa, retribuiu a pressão de seus dedos.

– Assim? – perguntou ela, olhando para seu rosto.

Suas bochechas ficaram rosadas.

– Sim.

Confuso, Rafe se perguntou o que havia de errado com ele. A pressão daquela mão pequena e confiante o afetara mais do que a mais lasciva carícia da sua última amante.

Soltando-a, ele desviou o olhar e lutou para controlar sua respiração.

Lillian e Annabelle trocaram um olhar perplexo diante do silêncio pesado que se estabeleceu.

– Bem – disse Lillian animadamente quando as bandejas de chá foram trazidas –, vamos conversar um pouco. Posso servir?

Annabelle sentou-se no sofá ao lado de Lillian. Rafe e a Srta. Appleton se acomodaram em cadeiras do outro lado da mesa baixa. Durante os minutos seguintes, os rituais do chá foram respeitados. Pratos de torrada e bolinhos foram servidos.

Rafe não conseguia parar de olhar para a Srta. Appleton, que estava sentada bem aprumada em sua cadeira, tomando o chá de maneira polida. Queria tirar os grampos do cabelo dela e passar os dedos por ele. Queria jogá-la no chão. Ela parecia muito distinta, muito certinha, sentada ali com as saias perfeitamente arrumadas.

E isso só o fazia querer ser muito, muito mau.

Capítulo 3

Hannah nunca se sentira tão desconfortável em toda a sua vida. O homem sentado ao lado dela era um animal. Ele a encarava como se ela fosse alguma atração em um parque de diversões. E já confirmara muito do que ela ouvira falar sobre os americanos. Tudo nele revelava um excesso de masculinidade que ela achava bastante desagradável. Seu jeito desleixado e informal de se sentar fazia com que ela sentisse vontade de chutá-lo.

Seu sotaque de Nova York, as vogais achatadas e as consoantes frouxas, tudo era estranho e irritante. No entanto, tinha de admitir que a voz em si, um tom grave de barítono, era hipnotizante. E seus olhos eram extraordinários, escuros como breu, mas ainda assim brilhavam com um fogo audacioso.

Ele tinha a pele bronzeada de um homem que passava muito tempo ao ar livre, e o queixo raspado mostrava o indício de uma barba espessa. Em resumo, era uma criatura excessivamente masculina. Nem um pouco adequado para Natalie sob nenhum aspecto. Ele não era apropriado para a sala de estar, nem para o salão, nem para qualquer outro ambiente civilizado.

E o Sr. Bowman dirigia-se a ela com uma franqueza que parecia nada menos que subversiva.

– Diga-me, Srta. Appleton... o que faz a acompanhante de uma dama? E você recebe salário por isso?

Ah, era terrivelmente deselegante da parte dele perguntar uma coisa dessas! Engolindo a indignação, Hannah respondeu:

– É uma posição paga. Não recebo um salário, mas sim um subsídio.

Ele inclinou a cabeça e observou-a com atenção.

– Qual é a diferença?

– Um "salário" implicaria dizer que sou uma criada.

– Entendo. E o que você faz em troca de seu subsídio?

Sua persistência era irritante.

– Ofereço companhia e conversa – disse ela –, e às vezes atuo como acompanhante para lady Natalie. Também faço pequenos serviços de costura e coisas simples que tornam a vida dela mais confortável, como levar-lhe o chá ou entregar recados.

O deboche brilhou nos olhos pagãos dele.

– Mas a senhorita não é uma criada.

Hannah lançou-lhe um olhar frio.

– Não. – E decidiu virar a mesa. – O que exatamente faz um especulador financeiro?

– Faço investimentos. Também observo pessoas que estão agindo como idiotas com relação a seus investimentos. E então as encorajo a mergulhar de cabeça, até que eu tenha lucro, enquanto elas acabam em uma pilha de escombros.

– Como o senhor dorme à noite? – perguntou ela, horrorizada.

Bowman abriu um sorriso insolente.

– Bem, obrigado.

– Eu não quis dizer...

– Sei o que quis dizer, Srta. Appleton. Durmo tranquilo sabendo que estou fazendo um favor às minhas vítimas.

– Como?

– Eu lhes ensino uma lição valiosa.

Antes que Hannah pudesse responder, Annabelle interrompeu apressadamente:

– Querido, não devemos deixar que a conversa tome o rumo dos negócios. Já escuto muito sobre isso em casa. Srta. Appleton, me falaram muito bem sobre lady Natalie. Há quanto tempo é acompanhante dela?

– Há três anos – respondeu Hannah prontamente. Ela era um pouco mais velha do que a prima, mais precisamente dois anos, e vira de perto Natalie se transformar na garota confiante e deslumbrante que era agora. – Lady Natalie é incrível. É amável e afetuosa, e tem todos os traços de personalidade que se poderia desejar. Não se pode encontrar garota mais inteligente e encantadora do que ela.

Bowman riu baixo, revelando sua incredulidade.

– Um modelo de perfeição – disse ele. – Infelizmente, já ouvi descreverem com semelhante empolgação muitas outras jovens. Mas quando as conhecemos, há sempre um defeito.

– Algumas pessoas – respondeu Hannah – insistirão em encontrar defeitos nos outros mesmo quando não houver.

– Todos têm defeitos, Srta. Appleton.

Não era possível tolerar alguém tão irritante. Ela olhou em seus olhos penetrantes e escuros e perguntou:

– Quais são os seus, Sr. Bowman?

– Ah, eu sou um canalha – disse ele alegremente. – Aproveito-me dos outros, não me importo com o decoro e tenho o infeliz hábito de dizer exatamente o que penso. Quais são os seus? – E sorriu diante do silêncio espantado dela. – Ou por acaso a senhorita é tão perfeita quanto lady Natalie?

Hannah ficou sem palavras com aquela ousadia. Nenhum homem jamais havia falado com ela daquela maneira. Outra mulher poderia ter se constrangido com o tom de deboche em sua voz. Mas algo dentro dela não a deixaria se intimidar.

– Rafe – ela ouviu Lillian dizer em tom de advertência –, tenho certeza de que nossa convidada não quer ser submetida a uma inquisição antes mesmo de chegarem os pãezinhos.

– Não, minha senhora – conseguiu dizer Hannah –, está tudo bem. – E olhou diretamente para Bowman. – Sou muito cheia de opiniões. Acredito que esse seja meu pior defeito. Muitas vezes também sou impulsiva. E sou péssima em jogar conversa fora. Tendo a me deixar levar pelo assunto e me estendo muito. – Fez uma pausa estratégica antes de acrescentar: – Também tenho pouca paciência com pessoas insolentes.

Seguiu-se um breve e tenso silêncio enquanto os dois

se entreolhavam. Hannah não conseguia desviar o olhar dele. Sentiu as palmas das mãos ficarem úmidas e quentes, e sabia que estava vermelha.

– Muito bem – disse ele com tranquilidade. – Desculpe, Srta. Appleton. Não quis agir como um insolente.

Mas tinha agido. Ele, como um gato brincando com um rato, a testara, provocando-a deliberadamente para ver o que ela faria. Hannah sentiu um calor arrepiando sua espinha enquanto olhava fixamente nas profundezas dos olhos dele.

– Rafe – ouviu Lillian dizer, exasperada –, se este é um exemplo de como se comporta em sociedade, ainda há muito trabalho a ser feito antes que eu permita que você conheça lady Natalie.

– Lady Natalie é muito resguardada – disse Hannah. – Temo que não vá muito longe com ela, Sr. Bowman, se não for um perfeito cavalheiro.

– Entendido. – Bowman deu a Hannah um olhar inocente. – Posso me comportar melhor do que isso.

Duvido, ela queria dizer, mas engoliu as palavras. E Bowman sorriu como se pudesse ler seus pensamentos.

A conversa voltou a girar em torno de Natalie, e Hannah respondeu a perguntas sobre suas flores preferidas, seus livros e música favoritos, as coisas de que gostava e não gostava. Chegara a passar pela mente de Hannah não ser sincera, deixando o Sr. Bowman em desvantagem com Natalie. Mas não era de sua natureza mentir, nem era muito boa nisso. E também havia o pedido de lorde Blandford. Se ele realmente acreditava que seria bom para Natalie entrar para a família Bowman, Hannah não tinha o direito de se meter no caminho. Os Blandfords tinham sido gentis com ela e não mereciam essa desfeita.

Ela achou um tanto intrigante Bowman ter perguntado tão pouco sobre Natalie. Em vez disso, parecia satisfeito em deixar as outras mulheres interrogarem-na, enquanto ele tomava seu chá e olhava para ela, avaliando-a com toda a tranquilidade.

Das três mulheres, Hannah gostava mais de Annabelle. Ela possuía um talento especial para manter a conversa animada, era divertida e bem-versada em muitos assuntos. Na verdade, Annabelle era um exemplo de quem Natalie poderia se tornar em alguns anos.

Se não fosse pela presença incômoda do Sr. Bowman, Hannah teria lamentado o fim da hora do chá. Mas foi com alívio que ela recebeu a notícia de que a carruagem de lorde Blandford chegara para levá-la de volta para casa. Achava que não poderia suportar muito mais o olhar fixo e perturbador de Bowman.

– Obrigada pelo maravilhoso chá – disse Hannah a Lillian, levantando-se e endireitando as saias. – Foi um prazer conhecer vocês.

Lillian sorriu com o mesmo jeito travesso que Bowman exibira antes. Com seus vívidos olhos castanhos e seu luminoso cabelo negro, sua semelhança familiar era clara. Só que Lillian era muito mais agradável.

– Foi muito gentil em nos tolerar, Srta. Appleton. Espero não termos nos comportado muito mal.

– De modo algum – respondeu Hannah. – Estou ansiosa para vê-las em Hampshire em breve.

Em alguns dias, Hannah partiria para a propriedade rural de Lillian e lorde Westcliff com Natalie e os Blandfords para uma visita prolongada durante o Natal. Ficariam lá por mais de quinze dias, tempo suficiente para o Sr. Bowman e Natalie descobrirem se combinavam. Ou não.

– Sim, será um Natal magnífico e glorioso! – exclamou Lillian, com os olhos brilhando. – Música, comida, dança e todo tipo de diversão. E lorde Westcliff prometeu que teremos uma árvore de Natal *gigantesca*.

Hannah sorriu, envolvida por seu entusiasmo.

– Nunca vi uma antes.

– Não? Ah, é mágico quando todas as velas estão acesas. Árvores de Natal estão bastante na moda em Nova York, onde fui criada. Começou como uma tradição alemã, mas está se firmando rapidamente nos Estados Unidos, embora não seja comum na Inglaterra. Ainda.

– A família real teve árvores de Natal por algum tempo – disse Annabelle. – A rainha Charlotte sempre montou uma em Windsor. E ouvi dizer que o príncipe Albert deu continuidade à tradição, seguindo os costumes de sua herança alemã.

– Estou ansiosa para ver a árvore de Natal – disse Hannah – e para passar o feriado com todos vocês.

Ela se curvou para as mulheres e parou incerta quando levantou os olhos para Bowman. Ele era muito alto, sua presença tão forte e vigorosa que ela sentiu um choque ao notar que ele se aproximava dela. Quando olhou para o rosto bonito e arrogante de Bowman, só conseguiu pensar em quanto antipatizava com ele. E, no entanto, essa reação nunca deixara sua boca seca assim antes. A antipatia nunca fizera sua pulsação disparar, nem dera um nó na boca do seu estômago.

Hannah o cumprimentou com um aceno de cabeça.

Bowman sorriu, mostrando o contraste dos dentes, muito brancos, com seu rosto bronzeado.

– A senhorita apertou minha mão antes – lembrou ele e estendeu o braço.

Que audácia. Ela não queria tocá-lo novamente, e ele sabia disso. O peito dela parecia muito contraído, comprimindo-se até ela ser forçada a respirar. Mas, ao mesmo tempo, sentiu um sorriso irônico e irreprimível curvar seus lábios. Ele era mesmo um canalha. E Natalie descobriria isso em breve.

– Apertei – disse Hannah e estendeu a mão.

Um tremor percorreu seu corpo ao sentir os dedos dele se fecharem em torno dos seus. Era uma mão forte, capaz de esmagar com facilidade seus ossos delicados, mas seu toque era gentil. E quente. Hannah encarou-o com um olhar confuso e puxou a mão, enquanto seu coração batia com força. Queria que ele parasse de olhar para ela – podia de fato sentir o olhar dele sobre sua cabeça abaixada.

– A carruagem está esperando – disse ela hesitante.

– Vou levá-la ao hall de entrada – ouviu Lillian dizer –, e vamos tocar a sineta para pedir que tragam sua capa e... – Ela parou de falar ao som de um bebê chorando. – Ah, céus.

Uma babá entrou no salão, segurando um bebê de cabelo escuro embrulhado em um cobertor rosa.

– Perdoe-me, milady, mas ela não para de chorar.

– Minha filha Merritt – explicou Lillian a Hannah. Então estendeu os braços para pegar a criança, aconchegando-a e acalmando-a. – Pobre criança, você está inquieta hoje. Srta. Appleton, se puder esperar um instante...

– Posso sair sozinha – disse Hannah, sorrindo. – Fique aqui com sua filha, senhora.

– Eu vou com você – ofereceu Bowman prontamente.

– Obrigada, Rafe – disse Lillian antes que Hannah pudesse objetar.

Sentindo o nervosismo apertar seu estômago, Hannah saiu do salão com Rafe Bowman. Antes que ele pudesse alcançar a sineta, ela murmurou:

– Se não faz objeção, gostaria de falar com o senhor em particular por um momento.

– Claro.

Seu olhar correu o corpo dela com o brilho diabólico de um homem que estava muito acostumado a ter momentos particulares com mulheres que mal conhecia. Seus dedos deslizaram em torno do cotovelo dela, levando-a para a sombra sob as escadas.

– Sr. Bowman – sussurrou Hannah com grave seriedade –, não tenho nem o direito nem o desejo de corrigir seus costumes, mas... essa questão do aperto de mão...

Ele curvou a cabeça sobre a dela.

– Sim?

– Por favor, o senhor não *deve* estender a mão para uma pessoa mais velha, ou para um homem de maior prestígio, ou, principalmente, para uma senhora, a menos que alguma dessas pessoas lhe ofereça a mão primeiro. Simplesmente não é assim que funciona aqui. E por mais irritante e enervante que o senhor seja, ainda não desejo que seja menosprezado.

Para sua surpresa, Bowman pareceu escutá-la com atenção. Quando respondeu, seu tom parecia conter uma certa seriedade.

– Isso é gentil da sua parte, Srta. Appleton.

Ela desviou o olhar dele, seus olhos correram pelo chão, pelas paredes, pelo lado de baixo da escada. Sua respiração era curta e ansiosa.

– Não estou sendo gentil. Acabei de dizer que o senhor é irritante e enervante. Não fez esforço algum para ser educado.

– A senhorita está certa – disse ele. – Mas, acredite, sou ainda mais irritante quando tento ser educado.

Eles estavam muito próximos, a ponto de ela poder sentir os vívidos aromas de seu casaco de lã e da sua camisa de linho engomada. E, por baixo disso tudo, o cheiro de pele masculina, que revelava o frescor e o perfume de um sabão de barbear de tangerina. Bowman a observava com a mesma intensidade, bem próxima à fascinação, que mostrara na sala. Ser encarada daquela maneira a deixava nervosa.

Hannah endireitou os ombros.

– Devo ser franca, Sr. Bowman. Acredito que o senhor e lady Natalie não combinarão de nenhuma maneira. Não há um átomo de semelhança sequer entre vocês. Nenhum ponto em comum. Acho que seria um desastre. E é meu dever partilhar esta opinião com lady Natalie. Na verdade, farei o que for necessário para impedir o seu noivado. E, embora possa não acreditar nisso, é para o seu bem, assim como para o de lady Natalie.

Bowman não parecia nem um pouco preocupado com a opinião dela, ou seu aviso.

– Não há nada que eu possa fazer para mudar a sua opinião a meu respeito?

– Não, sou muito cabeça-dura.

– Então vou ter de lhe mostrar o que acontece com as mulheres que ficam no meu caminho.

Suas mãos deslizaram em volta dela tão hábeis e discretas que a pegaram completamente desprevenida. Antes que pudesse entender o que estava acontecendo, um braço forte a trouxera contra o calor animal de seu corpo, rígido e masculino. Com a outra mão, ele segurou a nuca de Hannah, inclinando-a para trás. E sua boca tomou a dela.

Hannah usou os braços para se desvencilhar, mas Bowman continuou e a segurou mais firmemente contra ele. Aquilo fez com que ela sentisse como ele era maior, mais forte, e quando ela arfou, tentando falar, ele se aproveitou de seus lábios entreabertos.

Hannah sentiu um forte tremor passar pelo seu corpo e estendeu a mão para afastar a cabeça dele. A boca de Bowman era experiente e inesperadamente suave, possuindo a dela com habilidade sedutora. Ela nunca tinha pensado que um beijo poderia ter gosto, um sabor íntimo. Nunca sonhara que seu corpo fosse receber tão bem algo que sua mente rejeitava com tanta veemência.

Mas, enquanto Bowman a forçava a aceitar aquele beijo profundo e entorpecente, ela sentiu que perdia as forças, seus sentidos dominados. Seus dedos traidores enroscaram-se nos grossos cachos negros do cabelo dele, as mechas eram como seda. E, em vez de afastá-lo, ela se viu abraçando-o com força. Sua boca tremia e se abria sob a persuasão experiente dele, enquanto fogo líquido corria por suas veias.

Lentamente, Bowman afastou os lábios dos dela e guiou a cabeça de Hannah até seu peito, que subia e descia com sua respiração rápida e irregular. Um sussurro travesso fez cócegas na orelha dela.

– É assim que cortejamos as garotas nos Estados Unidos. Nós as agarramos e as beijamos. E, se elas não gostam, fazemos isso de novo, com mais força e por mais tempo, até se renderem. Isso nos poupa horas de tiradas espirituosas.

Hannah encarou-o com severidade e viu um sorriso dançar em seus maliciosos olhos escuros. Inspirou fundo, indignada.

– Vou contar...

– Conte a quem quiser. Eu vou negar.

Ela fechou a cara, franzindo as sobrancelhas.

– O senhor é mais do que um canalha. É um cafajeste.

– Se não gostou – murmurou ele –, não deveria ter retribuído.

– Eu não...

A boca de Bowman atacou a dela de novo. Ela deixou escapar um som sufocado, batendo no peito dele com o punho. Mas ele nem pareceu sentir o golpe e ergueu a mão, envolvendo o punho inteiro dela. Então a consumiu com um beijo profundamente voluptuoso, acariciando-a com a língua, fazendo coisas que ela nunca suspeitara que as pessoas fizessem ao beijar. Ela ficou chocada com a invasão abrasadora, e mais ainda pelo prazer que lhe dava, todos os seus sentidos prontos a receber mais. Ela queria que ele parasse, mas, mais do que isso, queria que continuasse para sempre.

Hannah sentiu a respiração dele rápida e quente contra seu rosto, o peito subindo e descendo com uma força inconstante. Ele soltou a mão de Hannah, e ela se apoiou sem forças sobre seus ombros, em busca de equilíbrio. A pressão insistente da boca de Bowman forçou a sua cabeça para trás. Ela se rendeu com um suave gemido, precisando de algo que não sabia bem o que era, de alguma forma de acalmar o ritmo ansioso da sua pulsação. Parecia que, se conseguisse puxá-lo para mais perto, para mais junto dela, seria capaz de aliviar a agitação sensual que tomava conta de cada parte de seu ser.

Bowman, então, se afastou relutantemente, terminando o beijo com um toque provocante dos lábios, e envolveu o rosto dela em sua mão. O ar de brincadeira tinha desaparecido de seus olhos, substituído por um ardor perigoso.

– Qual é o seu primeiro nome? – Seu sussurro se espalhou como um sopro de vapor pelos lábios dela. Diante da ausência de resposta, ele aproximou a boca da dela. – Diga ou vou beijá-la de novo.

– Hannah – disse ela sem forças, sabendo que não podia suportar mais.

Ele acariciou com o polegar a superfície escarlate do rosto dela.

– A partir de agora, Hannah, não importa o que você diga ou faça, vou olhar para a sua boca e lembrar como ela é doce. – Um sorriso sarcástico curvou seus lábios enquanto ele acrescentava calmamente: – Droga.

Bowman soltou-a com cuidado, foi até a sineta e tocou,

chamando uma criada. Quando trouxeram a capa e o chapéu de Hannah, ele os pegou com a empregada.

– Venha, Srta. Appleton.

Hannah não conseguia olhar para ele. Sabia que seu rosto estava terrivelmente vermelho. Sem dúvida, ela nunca estivera tão constrangida e confusa em toda a sua vida. Ela esperou, aturdida e em silêncio, que ele habilmente colocasse a capa em volta dela e a prendesse em seu pescoço.

– Até breve, em Hampshire – ouviu-o dizer. E ele tocou seu queixo com a ponta do indicador. – Olhe para cima, querida.

Hannah obedeceu num impulso. Ele colocou o chapéu em sua cabeça, ajustando a borda com cuidado.

– Eu a assustei? – sussurrou ele.

Ela, então, fuzilou-o com o olhar, erguendo mais um pouco o queixo. Sua voz soou só um pouco trêmula.

– Lamento desapontá-lo, Sr. Bowman. Mas não me sinto amedrontada nem intimidada.

Um brilho bem-humorado piscou naqueles olhos escuros.

– Devo alertá-la, Hannah: quando nos encontrarmos em Stony Cross Park, procure evitar o visco. Pelo bem de nós dois.

~

Depois que a atraente Srta. Appleton partiu, Rafe permaneceu no hall de entrada e sentou-se em um pesado banco de carvalho. Animado e confuso, ele pensou sobre sua inesperada perda de controle. Só tinha a intenção de dar um beijinho de leve na jovem, o suficiente para perturbá-la e desconcertá-la. Mas o beijo tinha se transformado em algo tão intenso, tão prazeroso, que não conseguira se conter e evitar ir além do que devia.

Ele adoraria ter beijado aquela boca inocente por horas. Queria derrubar cada uma das inibições de Hannah até ela estar agarrada a ele, nua e pedindo que ele a possuísse. Ao pensar em como seria difícil seduzi-la e como seria incrivelmente divertido estar sob as saias dela, notou que seu corpo ficava incomodamente rígido. Um sorriso lento e irônico cruzou seu rosto enquanto ponderava que, se era isso o que ele poderia esperar das inglesas, iria fixar residência em Londres.

Ao ouvir passos, Rafe ergueu o olhar. Lillian tinha chegado ao hall de entrada e olhava para ele com terna irritação.

– Como está a bebê? – perguntou Rafe.

– Annabelle está com ela. Por que você ainda está aqui fora?

– Eu precisava de um instante para acalmar meu... ânimo.

Lillian, então, cruzou os braços esbeltos sobre o peito e balançou a cabeça devagar. Ela era bonita de uma maneira arrojada e elegante, espirituosa e atrevida. Ela e Rafe sempre tinham se dado bem, talvez porque nenhum deles fora capaz de tolerar as exigências e regras rigorosas estabelecidas por seus pais.

– Só você – disse Lillian sem se alterar – poderia transformar uma respeitável visita à hora do chá em uma luta de boxe.

Rafe sorriu sem remorso e olhou para a porta da frente, pensativo.

– Algo nela desperta o diabo dentro de mim.

– Bem, é melhor contê-lo, querido. Porque se quiser conquistar lady Natalie, terá de mostrar ser muito mais cortês e educado do que foi hoje lá na sala de visitas. O que acha que a Srta. Appleton vai dizer a seus empregadores sobre você?

– Que eu sou um degenerado, grosseiro e sem princípios? – Rafe deu de ombros e disse de maneira racional: – Mas eles já sabem que eu sou de Wall Street.

Lillian estreitou os olhos castanho-claros enquanto o observava, intrigada.

– Como você não me parece nem um pouco preocupado, presumo que saiba o que está fazendo. Mas me deixe lembrá-lo de que lady Natalie quer se casar com um cavalheiro.

– Pela minha experiência – disse Rafe, despreocupado –, nada faz as mulheres se queixarem mais do que conseguirem o que querem.

Lillian riu.

– Ah, esse feriado será interessante. Vai voltar para dentro?

– Em um instante. Ainda estou me acalmando.

Ela lhe lançou um olhar curioso.

– Seu ânimo demora muito para se acalmar, não é?

– Você não tem ideia – disse a ela em tom sério.

Ao voltar para a sala, Lillian parou à porta e olhou para as amigas. Annabelle estava sentada com Merritt descansando tranquilamente em seus braços, enquanto Evie se servia de mais uma xícara de chá.

– O que ele disse? – perguntou Annabelle.

Lillian revirou os olhos.

– O idiota do meu irmão não parece estar preocupado com o relatório rigoroso que a Srta. Appleton fará sobre ele para os Blandfords e para lady Natalie. – Ela suspirou. – As coisas não foram nada bem, não é? Você já viu uma animosidade tão imediata entre duas pessoas sem nenhuma razão aparente?

– Sim – replicou Evie.

– Acredito que sim – disse Annabelle.

Lillian franziu o rosto.

– Quando? Quem? – perguntou e ficou intrigada quando sorriram uma para a outra.

CAPÍTULO 4

Para espanto de Hannah, Natalie não só *não* ficou chocada com seu relato sobre a visita a Rafe Bowman, como também achou tudo aquilo muito interessante. Quando Hannah terminou de narrar o beijo sob as escadas, Natalie caiu na cama em um ataque de riso.

– Natalie – disse Hannah, franzindo a testa –, eu claramente não consegui transmitir como aquele homem era terrível. É. Ele é um bárbaro. Um bruto. Um *idiota*.

– Parece que sim. – Ainda gargalhando, Natalie se sentou. – Estou ansiosa para conhecê-lo.

– O quê?

– É bastante manipulador esse nosso Sr. Bowman. Ele sabia que você iria me contar o que tinha feito, e que eu ficaria intrigada. E, quando eu me encontrar com ele em Hampshire, vai agir como um perfeito cavalheiro na esperança de me deixar desconcertada.

– Você não deveria ficar intrigada, deveria ficar horrorizada!

Natalie sorriu e acariciou a mão dela.

– Ah, Hannah, você não sabe como lidar com os homens. Não deve levar tudo tão a sério.

– Mas a corte é um assunto sério – protestou Hannah.

Era nessas horas que ela via a diferença entre ela e a prima mais nova. Natalie parecia ter uma compreensão mais ampla dos traquejos sociais, algo que Hannah jamais teria.

– Ah, céus, o momento em que uma garota encara a corte como um assunto sério é quando ela perde o jogo. Devemos proteger nossos corações e esconder nossos sentimentos, Hannah. É a única maneira de vencer.

– Pensei que a corte fosse um processo de abrir o coração – disse Hannah. – Não de ganhar um jogo.

– Não sei de onde tira essas ideias – disse Natalie sorrindo. – Se quiser fazer um homem se empenhar por você, nunca revele seu coração para ele. Pelo menos não no começo. Os homens só valorizam algo quando têm de se esforçar para conseguir. – E bateu o indicador no queixo. – Humm... Terei de pensar em uma boa contraestratégia.

Hannah, então, saiu da cama e foi apanhar algumas luvas, meias e outras coisas que tinham sido deixadas por desleixo no chão. Ela nunca se importara de arrumar o que Natalie deixava espalhado. Hannah conhecera acompanhantes que eram infernizadas por damas que as tratavam com desprezo e as submetiam a todo tipo de pequenas crueldades. Natalie, ao contrário, era amável e afetuosa, e, embora pudesse ser ligeiramente egocêntrica às vezes, não era nada que o tempo e a maturidade não curassem.

Após guardar os objetos pessoais de Natalie em uma cômoda, Hannah virou-se para encará-la e notou que ainda estava pensativa.

Natalie era uma linda visão, deitada sobre os lençóis brancos amassados, o cabelo caindo em cachos dourados. Seus olhos azuis e seu brilho tinham roubado o coração de muitos cavalheiros durante sua primeira temporada. Nem mesmo o modo como rejeitava seus pretendentes fazia com que eles perdessem as esperanças. Muito depois do fim da estação, enormes arranjos de flores ainda chegavam à mansão dos Blandfords, e cartões de visita se acumulavam na bandeja de prata no salão de entrada.

Natalie, distraidamente, enrolou uma mecha de seu cabelo sedoso no dedo.

– O Sr. Bowman acha que, como já que passei uma temporada inteira sem me decidir por alguém, devo estar cansada de todos esses senhores insípidos e respeitáveis. E já que faz meses que a temporada terminou, ele também supõe que eu esteja entediada e ansiosa por um desafio. – Ela deu uma breve risada. – E ele está certo em tudo.

– A maneira apropriada de ele chamar sua atenção não é violando sua acompanhante – murmurou Hannah.

– Você não foi violada, foi beijada. – Os olhos de Natalie cintilaram com malícia quando ela perguntou: – Agora confesse, Hannah... ele beija bem?

Ao lembrar-se da sensação erótica e quente da boca de Bowman, Hannah sentiu que seu rosto voltava a corar.

– Eu não sei – disse ela sucintamente. – Não tenho base de comparação.

Natalie arregalou os olhos.

– Quer dizer que você nunca tinha sido beijada antes?

Hannah balançou a cabeça.

– Mas com certeza o Sr. Clark...

– Não.

Hannah levantou os dedos até o rosto quente.

– Ele deve ter tentado – insistiu Natalie. – Você passou tanto tempo em sua companhia!

– Estive trabalhando para ele – protestou Hannah. – Ajudando com seu manuscrito e com seus documentos.

– Quer dizer que você realmente tomava notas para ele?

Hannah lançou-lhe um olhar confuso.

– O que mais eu estaria fazendo?

– Quando você dizia que estava "anotando" coisas para ele, eu sempre imaginei que você estava deixando que a beijasse.

Hannah ficou pasma.

– Quando eu dizia que estava "anotando", queria dizer que estava anotando!

Natalie estava claramente desapontada.

– Meu Deus. Se você passou *todo* aquele tempo com ele, e ele nunca a beijou, eu diria que isso é prova mais do que suficiente de que a paixão que ele tem pelo trabalho ofuscará todo o resto. Até mesmo uma esposa. Precisamos encontrar outra pessoa para você.

– Não me importaria em ficar em segundo plano com relação ao trabalho do Sr. Clark – disse Hannah com ar sério. – Ele será um grande homem algum dia. E fará tanto pelos outros...

– Grandes homens não são necessariamente bons maridos. E você é muito amável e querida para ser desperdiçada com ele. – Natalie balançou a cabeça em desgosto. – Ora, qualquer um dos que dispensei na última temporada seria melhor para você do que o velho e tolo Sr. Clark.

Um pensamento preocupante ocorreu a Hannah, mas ela estava quase com medo de expressar sua suspeita.

– Natalie, você já deixou um dos seus pretendentes beijá-la?

– Não – disse Natalie de maneira tranquilizadora.

Hannah soltou um suspiro de alívio.

– Deixei quase todos eles me beijarem – continuou Natalie, animada. – Em ocasiões distintas, é claro.

Perplexa, Hannah se recostou com força contra a cômoda.

– Mas... mas eu estava tomando conta de você...

– Você é uma péssima acompanhante, Hannah. Muitas vezes fica tão absorta em uma conversa que se esquece de ficar de olho em mim. Essa é uma das razões pelas quais a adoro.

Hannah nunca havia sonhado que sua prima bonita e

espirituosa teria deixado um só jovem ir tão longe. Muito menos *vários* deles.

– Você sabe que nunca deveria permitir tais liberdades – disse ela sem forças. – Isso despertará rumores, e você pode ser rotulada, e então...

– Ninguém vai querer noivar comigo? – Natalie sorriu ironicamente. – Na última temporada recebi quatro propostas de casamento, e se eu tivesse me dado ao trabalho de encorajar mais pretendentes, poderia ter recebido mais meia dúzia. Acredite em mim, Hannah, sei como lidar com os homens. Traga minha escova de cabelo, por favor.

Hannah obedeceu, reconhecendo que havia uma boa razão para Natalie estar tão segura de si. Ela era, ou seria, a noiva ideal para qualquer homem. Entregou a escova prateada para Natalie e observou-a passá-la por sua cascata de cachos louros.

– Natalie, por que você não aceitou nenhuma das propostas da temporada passada?

– Estou esperando alguém especial – respondeu. – Eu detestaria me conformar com um homem comum. – Natalie sorriu enquanto, atrevida, acrescentava: – Quando beijo um homem, quero ouvir os anjos cantarem.

– E quanto a lorde Travers?

De todos os cavalheiros que haviam demonstrado interesse por Natalie, Edward, lorde Travers, era aquele pelo qual Hannah tinha mais respeito. Era um cavalheiro discreto e tranquilo, que prezava o cuidado com a aparência e com o comportamento. Embora suas feições não exibissem uma beleza evidente, seus traços eram fortes e harmônicos. Ele não parecia deslumbrado com Natalie, no entanto, dedicava-lhe uma atenção respeitosa sempre que ela estava presente. E era rico e nobre, o que, com suas outras qualidades, fazia dele um excelente partido.

A menção a Travers fez Natalie ficar séria.

– Ele é o único homem que conheço que não tentaria nada comigo, mesmo se tivesse uma oportunidade perfeita. Atribuo isso à sua idade.

Hannah não pôde deixar de rir.

– Sua idade?

– Afinal, ele já tem quase 40 anos.

– Ele é maduro – admitiu Hannah. – Mas também é confiante, inteligente, e, ao que tudo indica, está em pleno vigor.

– Então por que não me beijou?

– Porque ele a respeita? – sugeriu Hannah.

– Eu preferiria ser vista com paixão do que com respeito.

– Bem – disse Hannah ironicamente –, então eu diria que o Sr. Bowman é o seu homem.

Ouvir o nome de Bowman restaurou o bom humor de Natalie.

– É provável. Agora, Hannah, diga a mamãe e papai que o Sr. Bowman se comportou primorosamente bem. Não, eles não vão acreditar nisso, ele é americano. Diga que era bastante apresentável. E não fale nada sobre o beijo sob as escadas.

CAPÍTULO 5

Hampshire
Stony Cross Park

Hannah nunca esperara ter a oportunidade de conhecer Stony Cross Park. Não era fácil conseguir convites para a famosa propriedade rural de lorde Westcliff. Localizada no condado meridional de Hampshire, Stony Cross Park tinha a fama de ter alguns dos melhores hectares da Inglaterra. A diversidade de campos floridos, campos úmidos e férteis, pântanos e florestas antigas fazia dali um lugar bonito e procurado para visitas. Gerações das mesmas famílias eram convidadas para os mesmos eventos e festas anuais. Ser excluído da lista de convidados resultava na indignação mais inconsolável.

– E pense só – ponderou Natalie durante a longa viagem de carruagem partindo de Londres. – Se eu me casar com o cunhado de lorde Westcliff, poderei visitar Stony Cross Park quando quiser.

– Tudo isso ao custo de ter o Sr. Bowman como seu marido – disse Hannah secamente.

Embora não tivesse contado a lorde e lady Blandford sobre o beijo roubado, deixara claro que não acreditava que Bowman seria um companheiro adequado para Natalie. Os Blandfords, no entanto, aconselharam-na a deixar para julgar depois que todos o conhecessem melhor.

Lady Blandford, tão loura, adorável e exuberante quanto a filha, ficou sem ar quando a mansão Stony Cross assomou ao longe. A casa tinha estilo europeu, construída com pedras cor de mel, e quatro graciosas torres, tão altas que pareciam prestes a perfurar o céu daquele início de noite, colorido por um pôr do sol em tons de laranja e lavanda.

Situada em um penhasco junto ao rio Itchen, a mansão Stony Cross era fantasticamente adornada por jardins e pomares, pistas de equitação e caminhos magníficos que passavam por extensos trechos de floresta e parques naturais. Por causa da feliz localização de Hampshire, ao sul, o clima era mais ameno do que no restante da Inglaterra.

– Ah, Natalie, imagine entrar para essa família! – exclamou lady Blandford. – E, como uma Bowman, você poderia ter sua própria casa de campo, uma casa em Londres e outra no continente, isso sem falar de sua própria carruagem com quatro cavalos, e os mais lindos vestidos e joias...

– Céus, os Bowmans são *tão* ricos assim? – perguntou Natalie com um tom de surpresa. – E o Sr. Bowman herdará a maior parte dos negócios da família?

– Uma bela parte deles, com certeza – respondeu lorde Blandford, sorrindo diante do vívido interesse da filha. – Ele tem sua própria fortuna e a promessa de muito mais por vir. O Sr. Bowman pai ressaltou que haverá grandes recompensas para vocês dois com o noivado.

– Seria justo – disse Natalie de maneira pragmática –, uma vez que seria uma perda de status me casar com um plebeu, quando eu poderia facilmente me unir a um nobre.

Não havia menosprezo ou arrogância em sua declaração. Era fato que algumas portas que estariam abertas para a esposa de um nobre nunca se abririam para a esposa de um industrial americano.

Quando a carruagem parou à entrada da mansão, Hannah notou que a propriedade seguia o estilo francês, com os estábulos à frente da casa, e não escondidos ao lado ou nos fundos. Os estábulos ficavam em uma construção com enormes portas em arco, formando um dos lados de um pátio de entrada coberto de pedras.

Criados os ajudaram a descer da carruagem, e cavalariços de Westcliff vieram ajudar com os animais. Mais criados aproximaram-se depressa para recolher os baús e as malas. Um mordomo idoso conduziu-os ao enorme salão de entrada, onde várias pessoas andavam de um lado para outro; arrumadeiras com cestos de roupa de cama, criados com caixotes, e outros ocupados em limpar, polir e varrer.

– Lorde e lady Blandford! – Lillian aproximou-se deles, radiante, em um vestido vermelho-escuro, usando o cabelo negro primorosamente preso em uma rede adornada por joias. Com seu sorriso luminoso e sua cordialidade descontraída, era tão envolvente que Hannah entendia por que o famoso conde de Westcliff tinha se casado com ela. Lillian se curvou para eles, e eles responderam da mesma forma.

– Bem-vindos a Stony Cross Park – disse Lillian. – Espero que a viagem tenha sido confortável. Por favor, desculpem todo esse barulho e essa agitação, estamos tentando desesperadamente nos preparar para receber todos os convidados que chegarão amanhã. Depois de se acomodarem e se recuperarem da viagem, venham ao salão principal. Meus pais estão lá e, é claro, meu irmão, e... – Ela parou ao ver Natalie. – Minha querida lady Natalie. – Sua voz se suavizou. – Estava muito ansiosa para conhecê-la. Faremos tudo o que estiver ao nosso alcance para garantir que seu feriado seja maravilhoso.

– Obrigada, senhora – respondeu Natalie com recato. – Não tenho dúvidas de que será esplêndido. – Ela sorriu para Lillian. – Minha acompanhante me disse que haverá uma árvore de Natal.

– Quatro metros de altura – respondeu Lillian entusiasmada. – Está sendo o diabo... quer dizer, bastante difícil decorá-la, já que os ramos superiores são impossíveis de alcançar. Mas temos escadas extensíveis e muitos criados altos, então vamos conseguir. – Ela se virou para Hannah. – Srta. Appleton. É um prazer vê-la novamente.

– Obrigada, minha...

Hannah fez uma pausa quando percebeu que Lillian estendera a mão. Perplexa, Hannah estendeu a mão para cumprimentá-la, encarando-a com um olhar confuso.

A condessa piscou para ela, e Hannah percebeu que só

queria provocá-la. Então soltou uma gargalhada da piada que só as duas entenderam e retribuiu a calorosa pressão dos dedos de Lillian.

– Dada a sua notável tolerância com os Bowmans – disse Lillian –, você também devia vir ao salão.

– Sim, minha senhora.

A governanta os acompanhou até seus quartos, levando--os pelo que pareciam ser quilômetros de piso.

– Hannah, por que lady Westcliff apertou sua mão? – sussurrou Natalie. – E por que vocês duas pareceram achar tanta graça?

~

Natalie e Hannah iriam compartilhar um quarto, Natalie ocuparia a cama principal e Hannah dormiria em uma acolhedora antecâmara. O quarto era lindamente decorado por um papel de parede florido, móveis de mogno e uma cama com dossel de renda.

Enquanto Natalie lavava as mãos e o rosto, Hannah separou um vestido limpo para ela e abriu-o para desamassá-lo. O vestido era de um tom bonito de azul, com um decote ombro a ombro preenchido com renda e mangas longas e justas. Natalie sorria, ansiosa por conhecer os Bowmans, e sentou-se diante do espelho da penteadeira enquanto Hannah escovava seu cabelo e refazia seu penteado. Depois de se certificar de que a aparência de Natalie estava perfeita, o nariz com uma suave camada de pó de arroz, os lábios cobertos com bálsamo de água de rosas, Hannah foi até sua mala e começou a vasculhá-la.

Lady Blandford apareceu na entrada, parecendo revigorada e disposta.

– Venham, garotas – disse ela serenamente. – É hora de nos juntarmos aos outros lá embaixo.

– Mais alguns minutos, mamãe – disse Natalie. – Hannah ainda não mudou de roupa nem arrumou o cabelo.

– Não devemos deixar todos esperando – insistiu lady Blandford. – Venha como está, Hannah. Ninguém vai notar.

– Sim, senhora – disse Hannah, obediente, disfarçando sua consternação. Suas roupas de viagem estavam empoeiradas, e o cabelo parecia que ia se soltar. Não queria enfrentar os Bowmans e os Westcliffs naquelas condições. – Eu preferiria ficar aqui em cima ajudando as empregadas a desfazerem as malas...

– Não – disse lady Blandford com um suspiro impaciente. – Normalmente eu concordaria, mas a condessa pediu a sua presença. Você deve vir como está, Hannah, e procurar ser discreta.

– Sim, senhora.

Hannah afastou o cabelo do rosto e correu para o lavatório. Gotas de água deixaram pequenas manchas escuras em seu vestido de viagem. Contorcendo-se por dentro, saiu do quarto atrás de Natalie e lady Blandford.

– Desculpe – sussurrou Natalie para ela, franzindo a testa. – Não devíamos ter demorado tanto tempo me arrumando.

– Imagina – murmurou Hannah, estendendo a mão para dar um tapinha em seu braço. – É você que todos querem ver. Lady Blandford está certa... ninguém vai me notar.

A casa estava linda, toda enfeitada, as janelas envoltas em seda dourada com bolas douradas pendendo nas pontas, as portas encimadas por sempre-vivas, azevinhos e heras ornadas de laços. As mesas estavam cobertas de velas e arranjos de flores perenes, como crisântemos, heléboros-brancos e camélias. E alguém, maliciosamente, decorara várias entradas com enfeites de visco que pendiam de ramos de sempre-vivas.

Ao notar os viscos, Hannah sentiu uma pontada de nervosismo ao pensar em Rafe Bowman. Acalme-se, disse para si mesma com um sorriso autodepreciativo, olhando para seu vestido desalinhado. *Ele com certeza* não vai tentar beijá-la agora, nem mesmo debaixo de uma tonelada de visco.

Entraram no salão principal, uma sala grande confortavelmente mobiliada com uma mesa de jogos, pilhas de livros e periódicos, um piano, um aro de bordado com suporte e uma pequena escrivaninha.

A primeira pessoa que Hannah notou foi Marcus, lorde Westcliff, um homem de presença imponente e poderosa, algo incomum para alguém ainda na casa dos 30 anos. Quando ele se levantou para recebê-los, Hannah reparou que o conde tinha altura mediana, mas estava elegantemente em forma e era bastante seguro de si. Westcliff se comportava com a naturalidade de um homem que estava perfeitamente confortável com sua própria autoridade.

Enquanto Lillian fazia as apresentações, Hannah recuou para o canto da sala, observando a cena. Olhou de maneira discreta para os Bowmans quando alcançaram os Blandfords.

Thomas Bowman era robusto, baixo e corado, um grande bigode de morsa sobre a boca. Usava na sua cabeça reluzente uma peruca que parecia prestes a saltar de seu couro cabeludo e fugir pela sala.

Sua esposa, Mercedes, por outro lado, era extremamente magra e frágil, com um olhar duro e um sorriso que fendia seu rosto como rachaduras em um lago congelado. A única coisa que os dois pareciam ter em comum era uma sensação de insatisfação com a vida e com a outra metade do casal.

Os filhos Bowmans se pareciam muito mais um com o outro do que com qualquer um dos pais, ambos altos, irreverentes e descontraídos. Parecia que haviam sido formados por alguma combinação mágica dos melhores traços dos pais.

Hannah observou discretamente Lillian apresentar Rafe Bowman a Natalie. Não conseguia ver a expressão de Natalie, mas tinha uma excelente visão de Bowman. Seu corpo forte vestia um paletó escuro bem ajustado, calças cinza, uma camisa muito branca e uma gravata preta com um nó impecável. Ele se curvou para Natalie e murmurou algo que provocou uma risada ofegante. Não havia como negar... com sua masculinidade natural e seus ousados olhos negros, Rafe Bowman era, como dizem por aí, um galã.

Hannah se perguntou o que ele achava de sua prima. O rosto de Bowman era indecifrável, mas estava certa de que ele não tinha como encontrar nenhum defeito em Natalie.

Enquanto todos na sala jogavam conversa fora, Hannah avançou lentamente em direção à porta. Se fosse possível, tentaria escapar da sala sem ser notada. A porta aberta parecia acenar de modo convidativo, prometendo liberdade. Ah, seria maravilhoso fugir e colocar roupas limpas, escovar o cabelo na privacidade de seu quarto. Mas quando chegou à entrada, ouviu a voz grave de Rafe Bowman.

– Srta. Appleton. Com certeza não nos privará de sua encantadora companhia.

Hannah parou abruptamente e virou-se, sendo recebida pelo olhar de todos os presentes, justo no momento em que menos queria atenção. Ela queria fuzilar Bowman com os olhos. Não, ela queria *matá-lo*. Em vez disso, adotou uma expressão neutra e murmurou:

– Boa tarde, Sr. Bowman.

Lillian a chamou imediatamente.

– Srta. Appleton, venha até aqui. Quero apresentá-la ao meu marido.

Então, Hannah reprimiu um suspiro pesado, afastou as mechas que caíam em seu rosto e se aproximou.

– Westcliff – disse Lillian ao marido. – Esta é a acompanhante de lady Natalie, a Srta. Hannah Appleton.

Hannah curvou-se e olhou apreensiva para o conde. Suas feições eram graves e austeras, talvez um pouco hostis. Mas, quando o olhar dele alcançou seu rosto, viu que era uma pessoa gentil. Ele falou com uma voz rouca e aveludada que agradou seus ouvidos.

– Seja bem-vinda, Srta. Appleton.

– Obrigada, milorde – disse ela. – E muito obrigada por me deixar passar o feriado aqui.

– A condessa apreciou muito a sua companhia no chá semana passada – respondeu Westcliff, sorrindo brevemente para Lillian. – Qualquer um que a agrada também me agrada.

O sorriso o transformou, tornando seu rosto mais caloroso e receptivo.

Lillian falava com o marido com uma leveza casual, como se ele fosse um simples mortal, e não o nobre mais distinto da Inglaterra.

– Westcliff, acho que você vai gostar de conversar com a Srta. Appleton sobre o trabalho dela com o Sr. Samuel Clark. – Então olhou para Hannah enquanto acrescentava: – O conde leu alguns dos escritos dele e gostou muito.

– Ah, eu não trabalho *com* o Sr. Clark – disse Hannah apressadamente –, mas sim *para* ele, na função de secretária. – E abriu um sorriso cauteloso para o conde. – Estou um pouco surpresa que tenha lido um trabalho do Sr. Clark, milorde.

– Conheço muitos teóricos progressistas de Londres – disse Westcliff. – Em que o Sr. Clark está trabalhando agora?

– Atualmente ele está escrevendo um livro especulativo

sobre as leis naturais que podem governar o desenvolvimento da mente humana.

– Eu gostaria de ouvir mais sobre isso durante o jantar.

– Sim, meu senhor.

Lillian, então, apresentou Hannah a seus pais, que a cumprimentaram com acenos de cabeça. Ficou claro, no entanto, que já haviam dispensado Hannah como uma pessoa sem importância.

– Rafe – sugeriu a condessa ao irmão –, talvez você possa levar lady Blandford e lady Natalie para um passeio pela casa antes do jantar.

– Ah, sim – disse Natalie imediatamente. – Podemos, mamãe?

– Isso me parece ótimo – confirmou lady Blandford.

Bowman sorriu para as duas.

– Seria um prazer. – Em seguida virou-se para Hannah. – Você também virá, Srta. Appleton?

– Não – disse ela rapidamente, e então, ao perceber que sua recusa tinha sido muito forte, suavizou o tom. – Conhecerei a mansão mais tarde, obrigada.

Bowman a olhou de cima a baixo, e depois concentrou-se no rosto.

– Meus serviços podem não estar disponíveis mais tarde.

Ela ficou rígida diante do deboche suave em sua voz, mas não conseguia deixar de olhar nos olhos dele. Sob a luz quente do salão, aqueles olhos brilhavam em tons de dourado e canela.

– Então, de alguma forma terei de conseguir sem a sua ajuda, Sr. Bowman – respondeu ela com sarcasmo, e ele sorriu.

～

– Você não me disse que o Sr. Bowman era tão bonito – comentou Natalie após o jantar.

Já era tarde, e a longa viagem saindo de Londres seguida de uma demorada refeição deixara as garotas exaustas. Haviam se retirado para o quarto enquanto os outros lá embaixo ainda tomavam chá e vinho do Porto.

Embora o cardápio tivesse sido requintado, com pratos como capão assado recheado com trufas e costela coberta de ervas, a ceia fora um tanto desconfortável para Hannah. Estava ciente de sua aparência desalinhada, mal tendo tido tempo de se lavar e colocar um vestido limpo antes de correr para o salão de jantar. Para seu desalento, lorde Westcliff insistira em fazer perguntas sobre o trabalho de Samuel Clark, o que atraíra mais atenção para ela. E, durante todo o tempo, Rafe Bowman a olhava com um interesse audacioso e perturbador, que ela só podia interpretar como deboche.

Hannah, então, forçou-se a trazer seus pensamentos de volta para o presente, observando Natalie se sentar diante da penteadeira e tirar os grampos do cabelo.

– Suponho que o Sr. Bowman possa ser considerado atraente – disse Hannah, relutante. – Para quem gosta desse tipo de homem.

– Você quer dizer do tipo alto, de cabelo escuro e deslumbrante?

– Ele não é *deslumbrante* – protestou Hannah.

Natalie riu.

– O Sr. Bowman é um dos homens mais esplendidamente bem-apessoados que já conheci. Que defeito você consegue ver nele?

– Sua postura – murmurou Hannah.

– O que tem?

– Ele se porta de maneira relaxada.

– Ele é americano. Todos são assim. O peso de suas carteiras os puxa para baixo.

Hannah não pôde conter a risada.

– Natalie, você está mais atraída pelo homem ou pelo tamanho de carteira dele?

– Ele tem muitos atrativos pessoais, com certeza. Cabelo bonito... aqueles adoráveis olhos escuros... para não falar no físico impressionante. – Natalie pegou uma escova e passou-a lentamente pelo cabelo. – Mas eu não iria querer ficar com ele se fosse pobre.

– Há alguém que você iria querer se fosse pobre? – perguntou Hannah.

– Bem, se eu *tivesse* de ser pobre, preferiria ser casada com um nobre. Já é muito melhor do que ser uma Maria ninguém.

– Duvido que o Sr. Bowman algum dia fique pobre – disse Hannah. – Ele parece ter se saído muito bem em seus negócios. É um homem de sucesso, embora eu tema que não seja honrado.

– Ah, ele é um patife, com certeza – concordou Natalie com uma risada leve.

Hannah, então, ficou tensa e olhou nos olhos da prima pelo espelho.

– Por que você diz isso? Ele falou ou fez algo inapropriado?

– Não, e não espero que ele faça, com o noivado ainda na mesa. Mas ele aparenta um sarcasmo permanente... fico me perguntando se ele conseguiria ser sincero sobre alguma coisa.

– Talvez seja só fachada – sugeriu Hannah sem convicção. – Talvez ele seja um homem diferente por dentro.

– A maioria das pessoas não tem fachadas – disse Natalie secamente. – Ah, todo mundo pensa que tem, mas quando você cava além da fachada, só há mais fachada.

– Algumas pessoas são sinceras.

– E essas pessoas são as mais tediosas de todas.

– *Eu* sou sincera – protestou Hannah.

– Sim. Você terá que trabalhar nisso, querida. Quando se é sincera, não há mistério. E, acima de tudo, os homens gostam de mistério em uma mulher.

Hannah sorriu e balançou a cabeça.

– Devidamente anotado. Vou para a cama agora.

Depois de vestir uma camisola branca com babados, foi para a pequena antecâmara e subiu na cama macia e limpa. Depois de um instante, ouviu Natalie murmurar:

– Boa noite, querida.

E o lampião se apagou.

Hannah deitou-se de lado, enfiou um braço sob o travesseiro e pensou nas palavras de Natalie.

Não havia dúvida de que Natalie estava certa. Hannah não tinha nem um pingo de ar de mistério.

Também não tinha sangue nobre, nenhum dote, nenhuma grande beleza, nenhuma habilidade que pudesse distingui-la. E, além dos Blandfords, não possuía relações importantes. Mas tinha um coração caloroso, roupas decentes e era inteligente. E tinha sonhos, atingíveis, de ter um lar e uma família algum dia.

Não havia escapado a Hannah que, no mundo privilegiado de Natalie, as pessoas esperavam encontrar felicidade e amor fora do casamento. Mas seu maior desejo para Natalie era que ela arrumasse um marido com quem compartilhasse afinidades tanto no campo da razão, como no da emoção.

E, àquela altura, ainda era altamente questionável se Rafe Bowman tinha mesmo um coração.

Capítulo 6

Enquanto Westcliff dividia charutos com lorde Blandford, Rafe foi ter uma conversa particular com o pai. Dirigiram-se à biblioteca, uma sala grande e bonita, com pé-direito duplo e estantes de mogno que abrigavam mais de dez mil volumes. Um aparador tinha sido construído em um nicho para deixá-lo nivelado com as estantes.

Rafe ficou feliz em ver que havia várias garrafas de bebida sobre o mármore do aparador. Sentindo que precisava de algo mais forte que vinho do Porto, achou a garrafa de uísque.

– Dose dupla? – sugeriu ao pai, que assentiu e grunhiu, concordando.

Rafe sempre detestara falar com o pai. Thomas Bowman era o tipo de homem que gostava de dizer o que as outras pessoas deviam fazer e pensar, acreditando conhecê-las mais do que elas mesmas. Desde a infância Rafe tivera de suportar que lhe dissessem quais eram seus pensamentos e motivações, e então ser punido por eles. Não parecia importar se ele tinha feito algo bom ou ruim. Mas apenas sob que ângulo seu pai decidia ver suas ações.

E Thomas sempre mantivera viva a ameaça de deserdá-lo. Por fim, Rafe lhe dissera para deserdá-lo de vez, que não se importava. E saíra para fazer sua própria fortuna, começando praticamente do nada.

Agora, quando se encontrava com o pai, era sob seus próprios termos. Ah, Rafe queria ter direito à parte europeia da fábrica de Bowman, mas não ia vender sua alma por isso.

Entregou um copo de uísque ao pai e tomou um gole, deixando o sabor cremoso e doce do éster correr por sua língua.

Thomas sentou-se em uma cadeira de couro diante do fogo. Franzindo a testa, estendeu a mão para verificar a posição da peruca na cabeça. Ficara escorregando a noite toda.

– Você pode prender uma alça no queixo – sugeriu inocentemente Rafe, provocando uma careta feroz do pai.

– Sua mãe acha atraente.

– Pai, acho difícil acreditar que isso possa atrair qualquer coisa que não seja um esquilo apaixonado. – Rafe arrancou a peruca e colocou-a em uma mesa próxima. – Esqueça isso e fique confortável, pelo amor de Deus.

Thomas resmungou, mas não discutiu, relaxando em sua cadeira.

Rafe, então, apoiou um braço contra o console da lareira e olhou para o pai com um sorriso discreto.

– E então? – indagou Thomas, erguendo, ansioso, as pesadas sobrancelhas. – O que você achou de lady Natalie?

Rafe deu de ombros de um jeito indolente.

– Ela vai servir.

As sobrancelhas abaixaram.

– "Ela vai servir"? É tudo o que você tem a dizer?

– Lady Natalie não é mais nem menos do que eu esperava. – Depois de tomar outro gole de uísque, Rafe disse sem rodeios: – Creio que não me importaria de me casar com ela. Embora ela não me interesse nem um pouco.

– Uma esposa não tem de ser interessante.

Rafe se perguntou se, infelizmente, não haveria alguma sabedoria escondida naquilo. Com uma esposa como lady Natalie, não haveria surpresas. Seria um casamento calmo e sem atritos, que o permitiria ter tempo suficiente para cuidar de seu trabalho e de suas ocupações pessoais. Tudo o que ele teria de fazer era lhe prover generosos saques bancários, e ela gerenciaria a casa e teria filhos.

Lady Natalie era bonita e agradável, com seu cabelo louro e sedoso, e incrivelmente segura de si. Se Rafe algum dia a levasse a Nova York, ela se sairia esplendidamente bem com os nova-iorquinos. Sua postura, sua criação e sua confiança fariam com que fosse muito admirada.

Uma hora em sua companhia, e sabia-se praticamente tudo o que havia para saber sobre ela.

Ao passo que Hannah Appleton era algo novo e fascinante, e ele não tinha sido capaz de tirar os olhos dela durante o jantar. Ela não tinha a beleza meticulosamente bem cuidada de Natalie. Em vez disso, seu desabrochar era alegre e casual, como o das flores silvestres. Seu cabelo, saltando em pequenos cachos em torno de seu rosto, deixava Bowman louco com o desejo de estender a mão e brincar com as mechas soltas e luminosas. Hannah tinha uma espécie de vitalidade deliciosa com a qual ele nunca se deparara antes, e ele instintivamente queria mergulhar naquele universo, mergulhar nela.

A sensação se intensificara quando Rafe viu Hannah conversando seriamente com Westcliff. Ela estava animada e encantadora enquanto descrevia o trabalho de Samuel Clark sobre o desenvolvimento da mente humana. Na verdade, ficara tão absorta no assunto que se esquecera de comer e observara com tristeza sua tigela de sopa ainda cheia ser retirada por um criado.

– Você vai pedi-la em casamento, não vai? – perguntou seu pai, trazendo seus pensamentos de volta a lady Natalie.

Rafe olhou para ele de maneira inexpressiva.

– No devido tempo. Devo arrumar um anel de noivado, ou você já escolheu um?

– Na verdade, sua mãe comprou um que pensou ser apropriado...

– Ah, pelo amor de Deus. Vocês gostariam de pedi-la em

casamento por mim e virem me buscar quando ela der a resposta?

– Ousaria dizer que eu faria isso com mais entusiasmo do que você – retrucou Thomas.

– Vou lhe dizer o que eu faria com entusiasmo, pai: estabelecer uma indústria de fabricação de sabão em larga escala em todo o continente. E eu não deveria ter de me casar com lady Natalie para fazer isso.

– Por que não? Por que você não deveria ter de pagar por isso? Por que não deveria tentar me agradar?

– Por que mesmo, não é? – Rafe encarou-o com severidade. – Talvez porque eu tenha batido minha cabeça especificamente contra essa parede durante anos sem nunca ter conseguido amassá-la.

A pele de Thomas, que mudava de cor com facilidade, assumiu um tom de ameixa quando seu sangue ferveu.

– Você tem sido uma provação para mim em cada fase da sua vida. As coisas sempre vieram muito facilmente para você e seus irmãos, um bando de mimados e preguiçosos que nunca quiseram fazer nada.

– *Preguiçosos?* – Rafe lutava para se controlar, mas aquela palavra o fez explodir como um fósforo aceso em um barril de pólvora. – Só você, pai, podia ter cinco filhos que faziam de tudo para tentar impressioná-lo, e dizer que eles não se esforçaram o suficiente. Você sabe o que acontece quando chama uma pessoa inteligente de estúpida, ou um trabalhador de preguiçoso? Isso só faz com que ele perceba que não há nenhum maldito motivo para tentar obter sua aprovação.

– Você sempre pensou que eu lhe devia minha aprovação simplesmente por ter nascido um Bowman.

– Já não quero mais sua aprovação – disse Rafe com os dentes cerrados, vagamente surpreso ao descobrir que a velocidade com que perdia a cabeça não era muito diferente da de seu pai. – Eu quero... – Então se controlou e tomou o resto do uísque, engolindo com força para amenizar a queimação aveludada. Quando o ardor sumiu de sua garganta, encarou o pai com um olhar firme e frio. – Eu me casarei com lady Natalie, já que não importa de qualquer forma. Iria mesmo acabar com alguém como ela. Mas você pode ficar com sua maldita aprovação. Tudo o que eu quero é uma parte da empresa.

~

De manhã, os convidados começaram a chegar, e era possível ouvir o ruído elegante das famílias prósperas e seus criados. Baús, malas e embrulhos eram levados para a mansão em um desfile interminável. Outras famílias ficariam em propriedades vizinhas ou na estalagem da aldeia, indo e vindo em função dos vários eventos que aconteceriam na mansão.

Quando foi despertada pelos sons agitados e abafados que vinham de fora do quarto, Hannah não conseguiu mais dormir. Então, com cuidado para não acordar Natalie, ela se levantou e cuidou de sua higiene matinal, terminando por trançar o cabelo e prendê-lo em um coque na nuca. Colocou um vestido de lã cinza-esverdeado com pregas, fechado na frente por botões pretos brilhantes. Como pretendia dar um passeio ao ar livre, calçou um par de botas de salto baixo e pegou um pesado xale xadrez.

A mansão Stony Cross era um labirinto de corredores e salas. Atentamente, Hannah abriu caminho pela casa movimentada, parando de vez em quando para pedir instruções a um dos empregados que passavam. Acabou encontrando a sala de estar matinal, que estava abafada e cheia de pessoas que não conhecia. Um grande buffet de café da manhã foi servido, com peixes, bacon frito, pães, ovo poché com aspargo, ervilhas, muffins e vários tipos de queijo. Ela se serviu de uma xícara de chá, colocou um pouco de bacon em um pão e depois passou por uma série de portas francesas que levavam a um terraço externo. O dia estava claro e seco, o ar gelado transformava a sua respiração em uma névoa branca.

Jardins e pomares se estendiam diante dela, todos delicadamente bonitos e congelados. As crianças brincavam no pátio, rindo enquanto corriam de um lado para outro. Hannah sorriu, vendo-os correr pela calçada de pedras como um bando de gansos. Eles brincavam de "sopre a pena", o que envolveu duas equipes se revezando para tentar manter uma pena flutuando.

Hannah parou de pé ao lado, comendo seu pão e tomando o chá. As crianças ficavam cada vez mais agitadas, pulando e soprando a pena com ruidosas rajadas de ar. A pena voou para perto dela, descendo preguiçosamente.

As meninas gritaram, encorajando-a.

– Sopre, senhorita, sopre! É um jogo de meninas contra meninos!

Depois disso, não havia escolha. Hannah se esforçou para conter um sorriso, franziu os lábios e soprou com força, mandando a pena para o alto em um trêmulo redemoinho. Fazia sua parte sempre que a pena se aproximava dela, correndo alguns passos para cá e para lá, ouvindo os gritos animados de suas companheiras de equipe.

A pena passou por cima da cabeça de Hannah, e ela recuou rapidamente, o rosto virado para cima. Mas se assustou ao sentir que batia contra algo atrás dela, não uma parede de pedra, mas algo duro e flexível. As mãos de um homem se fecharam em torno de seus braços, assegurando seu equilíbrio.

De cima de sua cabeça, o homem soprou mandando a pena para bem longe no pátio.

E as crianças correram atrás dela gritando.

Hannah permaneceu imóvel, atordoada pela colisão, mas ainda mais por perceber que reconhecia o toque de Rafe Bowman. O aperto de suas mãos, seu corpo forte e musculoso junto às suas costas. O aroma fresco e marcante de seu sabão de barbear.

A boca de Hannah ficou seca – provavelmente em razão do jogo da pena –, e ela tentou umedecer a parte interna de suas bochechas com a língua.

– Que quantidade extraordinária de ar você é capaz de produzir, Sr. Bowman.

Então, sorrindo, ele a virou cuidadosamente de frente. Ele era forte e arrojado, parado com aquela postura relaxada que tanto a incomodava.

– Bom dia para você também. – Ele olhou para ela com um olhar atrevido e crítico. – Por que você não está mais na cama?

– Costumo acordar cedo. – E Hannah resolveu devolver a audaciosa pergunta. – Por que você não está?

Um brilho travesso brilhou nos olhos dele.

– Não há por que continuar na cama quando estou sozinho.

Ela olhou em volta para se certificar de que nenhuma das crianças podia ouvi-los. Os pestinhas tinham cansado de seu jogo e entravam na casa por portas que levavam ao salão principal.

– Desconfio que seja uma ocorrência rara, Sr. Bowman.

Seu tom tranquilo disfarçava toda a sinceridade.

– Sim, é rara. Na maioria das vezes, minha cama está mais ocupada do que um curral durante a tosa de primavera.

Hannah o observava claramente irritada.

– Isso mostra com que tipo de mulheres você se mistura. E também não engrandece em nada a sua imagem comportar-se de forma tão indiscriminada.

– Não me comporto de forma indiscriminada. Só sou bom em encontrar mulheres que atendam aos meus altos padrões. E sou melhor ainda em convencê-las a ir para a minha cama.

– E então você as tosa.

Um sorriso pesaroso cruzou os lábios dele.

– Se você não se importa, Srta. Appleton, quero retirar minha analogia com as ovelhas. Está ficando desagradável até para mim. Gostaria de um passeio matinal?

Ela balançou a cabeça, perplexa.

– Com você? Por quê?

– Você está usando um vestido de passeio e botas. E presumo que queira saber qual é a minha opinião sobre lady Natalie. Fora isso, costuma ser sábio manter seu inimigo por perto...

– Já sei qual é a sua opinião sobre lady Natalie.

Ele ergueu as sobrancelhas.

– Sabe? Agora, insisto que caminhemos juntos. Sempre fico fascinado em ouvir minhas opiniões.

Hannah o encarou com seriedade.

– Muito bem – disse ela. – Primeiro vou levar a xícara de chá lá dentro, e...

– Deixe aí.

– Em uma mesa de fora? Não, alguém terá de arrumar.

– Sim. Esse alguém é chamado criado, que, ao contrário de você, receberá um salário por isso.

– Isso não significa que eu deveria dar mais trabalho a outra pessoa.

Antes que ela pudesse alcançar a xícara, Bowman a havia pegado.

– Eu cuidarei disso.

Os olhos de Hannah se arregalaram ao vê-lo caminhar indiferentemente até o peitoril de pedra. E ela ficou sem ar quando ele segurou a xícara sobre a beirada e a deixou cair. Então ouviu o som da louça se estilhaçando lá embaixo.

– Pronto – disse ele em tom casual. – Problema resolvido.

Hannah precisou tentar três vezes antes de conseguir enfim falar.

– Por que você fez isso? Eu poderia muito bem ter levado a xícara lá dentro!

Ele parecia achar graça do seu espanto.

– Pensei que minha falta de preocupação com os bens materiais iria agradá-la.

Hannah olhava para Bowman como se tivessem aparecido chifres na cabeça dele.

– Eu não chamaria isso de falta de preocupação com bens materiais, mas sim de falta de respeito por eles. E isso é tão ruim quanto supervalorizá-los.

O sorriso de Bowman desapareceu ao compreender a extensão da ira de Hannah.

– Srta. Appleton, a mansão de Stony Cross tem pelo menos dez aparelhos diferentes de louça, cada um com xícaras de chá suficientes para ajudar a cafeinar toda Hampshire. Não faltam xícaras por aqui.

– Isso não faz diferença, você não deveria tê-la quebrado.

Bowman bufou de maneira irônica.

– Você sempre teve toda essa paixão por louças, Srta. Appleton?

Sem dúvida, ele era o homem mais insuportável que já conhecera.

– Tenho certeza de que considera um defeito eu não achar graça na destruição gratuita.

– E tenho certeza – rebateu ele suavemente – que usará isso como desculpa para não caminhar comigo.

Hannah o observou por um instante. Ela sabia que ele estava irritado com ela por dar tanta importância à perda de uma pequena peça de louça que não faria diferença alguma naquele lugar. Mas aquilo tinha sido o gesto grosseiro de um homem rico – destruir algo deliberadamente assim, sem motivo.

Bowman estava certo... Hannah estava mesmo bastante tentada a cancelar o passeio. Por outro lado, o ar de desafio nos olhos dele realmente a tocou. Ele parecera, por um momento, um aluno obstinado que fora apanhado em uma travessura e agora aguardava castigo.

– De jeito nenhum – disse ela. – Ainda estou disposta a caminhar com você. Mas gostaria que você tentasse não destruir mais nada no caminho.

Hannah teve a satisfação de ver que o surpreendera. Algo se suavizou no rosto de Bowman, e ele olhou para ela com um interesse ardente que provocou uma misteriosa aceleração dentro dela.

– Basta de destruir coisas – prometeu.

– Está bem então.

Ela levantou o capuz de sua capa curta e seguiu para a escada que levava aos jardins.

Em poucos passos largos, Bowman a alcançara.

– Pegue meu braço – aconselhou ele. – Os degraus podem ser escorregadios.

Hannah hesitou antes de aceitar, sua mão nua deslizava sobre a manga dele, pousando suavemente nos músculos que sentia por baixo do tecido. Quando procurara não acordar Natalie mais cedo, acabara se esquecendo de pegar as luvas.

– Lady Natalie teria ficado aborrecida? – perguntou Bowman.

– Com relação à xícara quebrada? – Hannah pensou por um instante. – Creio que não, ela provavelmente teria rido, para agradá-lo.

Ele abriu um sorriso meio de lado.

– Não há nada de errado em me agradar, Srta. Appleton. Isso me deixa muito feliz e um pouco mais controlável.

– Não tenho nenhuma vontade de tentar controlá-lo, Sr. Bowman. Não estou certa de que valha o esforço.

O sorriso dele desapareceu e seu queixo se retesou, como se ela tivesse tocado num assunto delicado.

– Vamos deixar para lady Natalie, então.

Atravessaram uma abertura em uma antiga cerca de teixo e seguiram por um caminho de cascalhos. Os arbustos bem aparados e a vegetação arredondada se assemelhavam a gigantescos bolos confeitados. Sons agudos de pica-pau vinham do bosque ali perto. Um tartaranhão-azulado voava próximo ao chão, as asas tensionadas em um amplo V enquanto procurava por presas.

Embora fosse bastante agradável segurar o braço firme e forte de Bowman, Hannah, relutante, recolheu a sua mão.

– Agora – disse Bowman calmamente –, conte-me o que pensa sobre minha opinião a respeito de lady Natalie.

– Não tenho dúvidas de que gosta dela. Acho que está disposto a se casar com Natalie porque ela se ajusta às suas necessidades. É óbvio que ela ajudará a abrir caminho para você na sociedade, lhe dará filhos de cabelos claros e é polida o suficiente para fingir que não viu nada quando você a trair.

– Por que está tão certa de que vou traí-la? – perguntou Bowman, soando mais curioso que indignado.

– Tudo o que você demonstrou até agora confirma que não é capaz de ser fiel.

– Posso ser, se encontrar a mulher certa.

– Não, você não seria – disse ela com firmeza. – Ser ou não fiel não tem nada a ver com a mulher, depende inteiramente de seu caráter.

– Meu Deus, você é mesmo cheia de opiniões. Deve aterrorizar todos os homens que conhece.

– Não conheço muitos homens.

– Isso explica, então.

– Explica o quê?

– Por que você nunca tinha sido beijada antes.

Hannah parou de repente e virou para encará-lo.

– Por que você... como você...

– Quanto mais experiência um homem tem – disse ele –, mais facilmente pode detectar a falta dela em outra pessoa.

Tinham chegado a uma pequena clareira. No centro, havia uma fonte em forma de sereia, rodeada por um círculo de bancos de pedra baixos. Hannah subiu em um dos bancos e caminhou por ele lentamente, então saltou o pequeno espaço até o banco seguinte.

Bowman a seguiu, andando ao lado dos bancos enquanto ela caminhava em círculo sobre eles.

– Então o seu Sr. Clark nunca tentou nenhum avanço para cima de você?

Hannah balançou a cabeça, esperando que ele atribuísse seu rosto mais corado à temperatura fria.

– Ele não é *meu* Sr. Clark. Quanto a tentar algum avanço... não tenho certeza absoluta... Uma vez, ele... – Então, ao perceber o que estava prestes a confessar, fechou a boca depressa.

– Ah, não, você não pode deixar isso assim no ar. Conte-me o que ia dizer.

Os dedos de Bowman deslizaram sob o cinto de tecido do vestido dela, e ele a puxou com firmeza, forçando-a a parar.

– Não – disse ela ofegante, franzindo a testa com a vantagem de ângulo que tinha por estar em cima do banco.

Bowman colocou as mãos na cintura de Hannah e a levou para o chão. Então a deixou ali diante dele, suas mãos segurando-a de leve pelos quadris.

– O que ele fez? Disse alguma coisa lasciva, tentou olhar dentro do seu corpete?

– Sr. Bowman – protestou ela, fechando a cara inutilmente. – Há cerca de um mês, o Sr. Clark estava estudando um livro de frenologia e perguntou se podia sentir meu...

Bowman tinha congelado, os olhos ardentes ligeiramente arregalados.

– Seu o quê?

– Meu crânio. – Ao notar a falta de expressão no rosto dele, Hannah começou a explicar. – A frenologia é a ciência que cuida de analisar a forma do crânio de alguém e...

– Sim, eu sei, acredita-se que cada medida e reentrância signifique alguma coisa.

– Sim. Então permiti que ele avaliasse minha cabeça e fizesse um gráfico de todas as formas que poderiam revelar meus traços de caráter.

Bowman parecia muito interessado.

– E o que Clark descobriu?

– Parece que eu tenho um grande cérebro, uma natureza afetuosa e constante, uma tendência a julgar rápido demais e a capacidade de me apegar com intensidade. Infelizmente, há também um ligeiro estreitamento na parte de trás do meu crânio que indica propensões criminais.

Ele riu alto.

– Eu devia ter imaginado, os que parecem inocentes são sempre aqueles capazes de fazer o pior. Venha, deixe-me sentir. Quero saber o formato de uma mente criminosa.

Hannah se afastou rapidamente enquanto ele tentava alcançá-la.

– Não me toque!

– Você já deixou um homem acariciar seu crânio – disse ele, seguindo-a enquanto ela recuava. – Agora não faz diferença se deixar outro fazer o mesmo.

Ela percebeu que ele estava brincando com ela. Embora fosse totalmente impróprio, ela sentiu um risinho desafiar toda a sua cautela.

– Examine sua própria cabeça – gritou ela, fugindo para o outro lado da fonte. – Tenho certeza de que há várias protuberâncias criminais aí.

– Os resultados seriam distorcidos – disse ele. – Recebi muitos tapas na cabeça durante minha infância. Meu pai dizia aos meus professores que era bom para mim.

Embora as palavras tivessem sido pronunciadas com leveza, Hannah parou e olhou para ele com um lampejo de compaixão.

– Pobre garoto.

Bowman parou em frente a ela novamente.

– De forma alguma. Eu merecia. Sou terrível desde que nasci.

– Nenhuma criança é terrível sem motivo.

– Ah, eu tinha um motivo. Como eu não tinha esperança de me tornar o modelo que meus pais esperavam, resolvi tomar o caminho oposto. Tenho certeza de que apenas a intervenção da minha mãe impediu meu pai de me amarrar a uma árvore junto à estrada com um bilhete com os dizeres: "Levem para o orfanato".

Hannah abriu um ligeiro sorriso.

– Seu pai está satisfeito com algum dos filhos?

– Não especificamente. Mas ele parece ter grandes expectativas com relação ao meu cunhado, Matthew Swift. Mesmo antes de se casar com Daisy, Swift se tornara um filho para meu pai. Trabalhava para ele em Nova York. É mesmo um homem excepcionalmente paciente esse nosso Sr. Swift, ou não teria sobrevivido por tanto tempo.

– Seu pai tem temperamento forte?

– Meu pai é o tipo de homem que atrairia um cachorro com um osso e, quando o bicho estivesse ao alcance, bateria nele com o osso. E ficaria furioso se o cachorro não corresse depressa para ele quando voltasse a chamá-lo.

Bowman ofereceu o braço à Hannah mais uma vez, e ela o aceitou enquanto voltavam para a mansão.

– Seu pai arranjou o casamento entre sua irmã e o Sr. Swift? – perguntou ela.

– Sim. Mas de alguma forma eles parecem ter se apaixonado.

– Isso acontece às vezes – disse ela sabiamente.

– Só porque algumas pessoas, quando confrontadas com o inevitável, convencem-se de que gostam de alguma coisa apenas para tornar a situação palatável.

Hannah estalou a língua.

– Você é um cínico, Sr. Bowman.

– Um realista.

Ela lançou-lhe um olhar curioso.

– Acha que pode um dia chegar a se apaixonar por Natalie?

– Talvez eu pudesse vir a gostar dela – disse ele casualmente.

– Estou falando de amor verdadeiro, do tipo que faz você sentir impetuosidade, alegria e desespero ao mesmo tempo. Aquele amor que o inspiraria a fazer qualquer tipo de sacrifício pelo bem de outra pessoa.

Um sorriso debochado curvou os lábios dele.

– Por que eu iria querer me sentir assim com relação à minha esposa? Isso arruinaria um casamento perfeitamente bom.

Atravessaram o jardim de inverno em silêncio, enquanto Hannah se angustiava com a certeza de que ele era ainda mais perigoso, mais errado para Natalie do que ela avaliara antes. Natalie acabaria ferida e desiludida por um marido em quem nunca poderia confiar.

– Você não presta para Natalie – ouviu-se dizer, arrasada. – Quanto mais conheço você, mais tenho certeza disso. Gostaria que a deixasse em paz, que arrumasse outra filha de nobre como presa.

Bowman parou com ela ao lado da cerca viva.

– Sua infamezinha arrogante – disse ele com calma. – Não pude escolher minha presa. Estou só tentando aproveitar da melhor forma o que tenho. E se lady Natalie me aceitar, não cabe a você objetar.

– Meu afeto por ela me dá o direito de dizer alguma coisa...

– Talvez não seja afeição. Tem certeza de que não está com ciúme?

– Ciúme? De Natalie? Você é louco de pensar isso...

– Ah, eu não sei – disse ele com implacável suavidade. – É possível que você esteja cansada de ficar à sombra dela, de ver sua prima com toda aquela elegância, sendo admirada e cortejada enquanto você fica no canto da sala com as viúvas e as damas que ninguém chama para dançar.

Hannah explodiu de raiva, indignada, cerrando e erguendo um dos punhos como se quisesse acertá-lo.

Bowman segurou o pulso de Hannah facilmente, passando de leve um dedo sobre os nós dos dedos dela. A risada debochada dele escaldou seus ouvidos.

– Veja – disse ele, dobrando o polegar dela sobre os outros dedos. – Nunca tente acertar alguém com o polegar estendido... você vai quebrá-lo assim.

– *Solte-me* – gritou ela, puxando com força o pulso preso.

– Você não ficaria tão zangada se eu não tivesse tocado num ponto fraco seu – provocou ele. – Pobre Hannah, sempre parada no canto, esperando a sua vez. Vou lhe contar uma coisa... você é mais do que alguém como Natalie, com sangue azul ou não. Você foi feita para algo muito melhor...

– Pare com isso!

– Uma esposa por conveniência e uma amante por prazer. Não é assim que a nobreza faz?

Hannah ficou rígida, ofegante, quando Bowman a puxou para junto de seu físico grande e forte. Ela parou de lutar, reconhecendo que tais esforços eram inúteis contra a força dele. Desviou o rosto de Bowman e estremeceu ao sentir a boca quente dele roçar a curva de sua orelha.

– Eu deveria fazer de você minha amante – sussurrou Bowman. – Linda Hannah. Se você fosse minha, eu a deitaria em lençóis de seda e a envolveria com cordões de pérolas, e lhe daria mel em uma colher de prata. É claro que você não poderia fazer todos esses seus julgamentos de moral se fosse uma mulher sem virtude... mas você não se importaria. Porque eu lhe daria prazer, Hannah, todas as noites, a noite inteira, até você esquecer seu próprio nome... Até estar disposta a fazer coisas que a chocariam à luz do dia... Eu a corromperia da cabeça até seus inocentes dedos dos pés...

– Ah, eu o desprezo! – gritou ela, retorcendo-se impotente contra ele. Começara a sentir um medo real, não só por ele segurá-la com força e dizer todas aquelas palavras, mas também pelas ondas de calor percorrendo seu corpo.

Depois disso, ela nunca poderia encará-lo de novo – o que provavelmente era o que ele pretendia. Um som de súplica escapou de sua garganta quando ela sentiu um beijo delicadamente curioso por baixo da orelha.

– Você me quer – murmurou ele. Em uma desconcertante mudança de humor, ele ficou carinhoso, deixando seus lábios vagarem lentamente pela lateral do pescoço dela. – Admita, Hannah... eu mexo com suas tendências criminosas e você com certeza desperta o pior em mim. – Ele correu a boca pelo pescoço dela, parecendo saborear os movimentos rápidos e instáveis de sua respiração. – Beije-me – sussurrou ele. – Só uma vez, e eu a deixo ir.

– Você é um libertino desprezível e...

– Eu sei. Tenho vergonha de mim mesmo. – Mas não soava nem um pouco envergonhado. E não afrouxou as mãos. – Um beijo, Hannah.

Ela podia sentir sua pulsação reverberando por toda parte, o ritmo sanguíneo se assentando firme em sua garganta e em todos os lugares mais profundos de seu corpo. E até mesmo em seus lábios, a superfície delicada tão sensível que o simples toque da respiração já era excruciante.

Todos os lugares contra os quais se encostavam estavam frios, assim como o espaço entre suas bocas, onde a fumaça de suas exalações se misturava. Hannah olhou para o rosto coberto pelas sombras dele e pensou, zonza: Não faça isso, Hannah, não faça. Mas acabou fazendo assim mesmo, erguendo-se na ponta dos pés para levar os lábios trêmulos aos dele.

Bowman, então, a envolveu, prendendo-a com os braços e os lábios, provando avidamente o seu sabor. Ele a puxou ainda mais para perto, até um de seus pés ficar entre os dela, e os seios dela se comprimiam firmes contra seu peito. Era mais do que um beijo... era uma frase de beijos ininterruptos, as sílabas quentes e doces de lábios e língua deixando-a inebriada pelas sensações. Ele levou uma das mãos até o rosto dela, acariciando com uma delicadeza que provocou um suave arrepio pelos ombros e costas dela. As pontas dos dedos dele exploravam a linha do queixo dela, o lóbulo de sua orelha, o rosto ruborizado.

Bowman ergueu a outra mão, envolvendo o rosto dela no gentil apoio de seus dedos, enquanto os lábios dele deslizavam pelo rosto de Hannah... um roçar suave em suas pálpebras, uma carícia no nariz, uma última mordida persistente em sua boca. Ela inspirou um pouco daquele ar frio de inverno, bem recebido em seus pulmões.

Quando finalmente olhou para ele, Hannah esperava que parecesse presunçoso ou arrogante. Mas, para sua surpresa, o rosto dele estava tenso, e havia uma inquietação em seus olhos.

– Você quer que eu me desculpe? – perguntou ele.

Hannah afastou-se dele, esfregando os braços sensíveis sob as mangas. Sentia-se constrangida pela intensidade de seu próprio desejo de aconchegar-se contra a calorosa e convidativa rigidez dele.

– Não vejo sentido nisso – disse ela em voz baixa. – Você não estaria sendo sincero mesmo.

Então, virou de costas e voltou para a mansão a passos rápidos, rezando silenciosamente para que ele não a seguisse.

E sabendo que qualquer mulher tola o suficiente para se envolver com ele não se sairia melhor do que a xícara de chá quebrada no pátio.

CAPÍTULO 7

Quando Hannah chegou ao hall de entrada, o ar quente fez suas bochechas frias arderem. Ela seguiu para os fundos do saguão de entrada, tentando evitar a multidão de criados e convidados recém-chegados. Era um grupo próspero, ricamente vestido, as damas com suas joias brilhantes, usando capas e mantos de pele.

Natalie acordaria em breve, e ela costumava começar o dia tomando chá na cama. Com tamanha agitação, Hannah não achava que conseguiriam chamar uma criada.

Pensou em ir à sala de café da manhã buscar uma xícara de chá para Natalie e levá-la até lá em cima ela mesma. E talvez uma para lady Blandford...

– Srta. Appleton. – Uma voz vagamente familiar veio da multidão, e um cavalheiro se aproximou para cumprimentá-la.

Era Edward, lorde Travers. Hannah não esperava que ele fosse passar o feriado em Stony Cross Park. Sorriu calorosamente para ele, a pressão agitada em seu peito diminuía aos poucos. Travers era um homem confortavelmente fechado, seguro de si mesmo e de seu lugar no mundo, educado até a raiz dos cabelos. Ele era tão conservador nos modos e na aparência que era quase surpreendente ver de perto que seu rosto ainda não tinha marcas e que não havia nenhum fio grisalho em seu cabelo castanho bem curto. Travers era um homem forte, honrado, e Hannah sempre gostara imensamente dele.

– Milorde, como é bom vê-lo aqui.

Ele sorriu.

– E encontrá-la, resplandecente, como sempre. Espero que esteja bem. E os Blandfords e lady Natalie?

– Sim, estamos todos muito bem. Não creio que lady Natalie soubesse de sua iminente chegada, ou teria mencionado isso para mim.

– Não – admitiu Travers –, eu não havia planejado vir até aqui. Meus parentes em Shropshire estavam me esperando. Mas receio que o convite de lorde Westcliff para vir a Hampshire tenha me convencido. – Então fez uma pausa com ar sério. – Fiquei sabendo sobre os planos de lorde Blandford com relação à sua filha e... o americano.

– Sim. Sr. Bowman.

– Meu desejo é ver lady Natalie bem e feliz – disse Travers em voz baixa. – Não consigo entender como Blandford poderia pensar que isso seria o melhor para ela.

Como não poderia concordar sem criticar o tio, Hannah murmurou cautelosamente:

– Também tenho minhas preocupações, meu senhor.

– Com certeza lady Natalie faz confidências a você... O que ela disse sobre o assunto? Ela gosta desse americano?

– Ela está disposta a considerar a união para agradar lorde Blandford – admitiu Hannah. – E também... O Sr. Bowman não deixa de ter um certo apelo. – Ela parou e piscou quando viu Rafe Bowman no outro lado do hall de entrada, conversando com o pai. – Na verdade, o Sr. Bowman está de pé bem ali.

– Ele é o homem baixo e robusto? – perguntou Travers, esperançoso.

– Não, meu senhor, esse é o Sr. Bowman pai. Seu filho, o mais alto, é o cavalheiro de quem lorde Blandford deseja que lady Natalie fique noiva.

Em um relance, Travers viu tudo o que precisava saber. Rafe Bowman tinha uma aparência impressionante, sua postura desleixada não conseguia esconder o corpo esguio e em forma. Seu cabelo escuro era cheio e estava bagunçado pelo vento, sua pele exibia uma cor saudável graças ao tempo passado ao ar livre. Os olhos, escuros como carvão, corriam pela sala descontraidamente, enquanto um sorriso discreto e implacável curvava seus lábios. Ele parecia tão predatório que a lembrança de sua gentileza momentânea era ainda mais surpreendente para Hannah.

Para alguém como lorde Travers, um rival como Bowman era o pior pesadelo.

– Céus – Hannah o ouviu murmurar suavemente.

– É.

∼

Evie entrou no salão de baile carregando um pesado cesto de duas alças.

– Aqui estão os ú-últimos – disse ela, tendo acabado de sair da cozinha, onde ela e duas criadas enchiam pequenos cones de papel com nozes e frutas secas e os fechavam com fitas vermelhas. – Espero que isso seja suficiente, considerando-se que é uma á-árvore tão g-grande. – Ela parou e encarou Annabelle com um olhar perplexo. – Onde está Lillian?

– Aqui – a voz abafada de Lillian veio da árvore. – Estou arrumando a saia da árvore. Não que isso importe, já que dificilmente alguém poderá vê-la.

Annabelle sorriu, ficando na ponta dos pés para amarrar uma pequena boneca de pano no ramo mais alto que podia alcançar. Usando um vestido branco de inverno, com seu cabelo cor de mel preso em cachos no alto da cabeça e as bochechas rosadas pelo esforço, ela parecia um anjo de Natal.

– Você acha que devíamos ter escolhido uma árvore tão alta, querida? Temo que levaremos até a noite de Reis para terminarmos de decorá-la.

– Tinha de ser alta – respondeu Lillian, saindo de baixo da árvore.

Com alguns pequenos ramos de pinheiro presos em seu cabelo escuro e pedaços de algodão prensado grudados no vestido, ela não parecia nada como uma condessa. E, pelo largo sorriso em seu rosto, podia-se ver que ela não ligava a mínima.

– O salão é tão imenso que ficaria estranho ter uma árvore pequena.

Durante os quinze dias seguintes, vários eventos aconteceriam no salão, incluindo uma festa, algumas brincadeiras e um grande baile de véspera de Natal. Lillian estava determinada a deixar a árvore o mais esplêndida possível, tornando a atmosfera ainda mais festiva. No entanto, decorá-la estava se tornando mais difícil do que imaginara. Os criados estavam tão ocupados com o trabalho doméstico que nenhum deles podia ajudá-la em tarefas extras. E como Westcliff proibira Lillian e suas amigas de subirem em escadas ou banquinhos altos, a metade superior da árvore estava, até agora, completamente vazia.

Para piorar as coisas, a nova moda em vestidos era uma manga bem justa, com um decote de ombro a ombro, que não permitia que uma dama alcançasse qualquer coisa acima do nível do ombro. Quando Lillian saiu de baixo da árvore, todas ouviram o som de tecido se rasgando.

– Ah, maldição – exclamou Lillian, torcendo-se para ver o buraco aberto sob a manga direita. – Esse é o terceiro vestido que rasgo esta semana.

– Não gosto deste novo estilo de manga – comentou Annabelle com pesar, flexionando os braços graciosos em sua limitada amplitude de movimento. – É muito irritante não conseguir levantar os braços direito. E é desconfortável segurar Isabella quando o tecido prende meu ombro assim.

– Vou procurar a-agulha e linha – disse Evie, indo revirar uma caixa de materiais no chão.

– Não, traga a tesoura – disse Lillian com determinação.

Evie sorriu, intrigada, e obedeceu.

– O que devo fazer com ela?

Lillian levantou o braço o máximo que pôde.

– Corte este lado para combinar com o outro.

Sem pestanejar, Evie fez, com cuidado, uma abertura sob a manga e alguns centímetros ao longo da costura, expondo uma parte da pele branca.

– Finalmente livre! – Lillian ergueu os dois braços para o teto como uma adoradora do sol, o tecido aberto nas suas axilas. – Será que eu poderia começar uma nova moda?

– Vestidos com buracos? – perguntou Annabelle. – Duvido, querida.

– É tão bom poder alcançar as coisas. – Lillian pegou a tesoura. – Você quer que eu conserte seu vestido também, Annabelle?

– Não se aproxime de mim com isso – disse Annabelle com firmeza. Ela balançou a cabeça com um sorriso, vendo Evie erguer solenemente os braços para Lillian abrir buracos sob suas mangas. Esta era uma das coisas que mais gostava em Evie, que era tímida e discreta, mas muitas vezes disposta a embarcar em planos e aventuras meio loucos. – Vocês duas perderam a cabeça? – perguntou Annabelle, rindo. – Ah, que má influência ela é para você, Evie.

– Ela é casada com St. Vincent, que é a pior influência possível – protestou Lillian. – Que grande estrago eu poderia fazer depois disso? – Após flexionar e balançar os braços, esfregou as mãos. – Agora, de volta ao trabalho. Onde está a caixa de velas? Vou prender mais deste lado.

– Vamos cantar para passar o tempo? – sugeriu Annabelle, amarrando um anjinho de algodão prensado e um lenço de renda na ponta de um galho.

As três se moviam ao redor da árvore como abelhas, cantando "Doze dias de Natal". A música e o trabalho progrediram muito bem até chegarem à parte da letra que narra o nono dia.

– Tenho certeza de que são "nove senhoras dançando" – disse Annabelle.

– Não, não, são "nove lordes saltando" – assegurou-lhe Lillian.

– São *senhoras*, querida. Evie, não concorda?

Evie, sempre conciliadora, murmurou:

– Isto certamente não tem a menor importância. Vamos só escolher um e...

– Os lordes aparecem na canção no décimo dia, entre as senhoras e as servas – insistiu Lillian.

Elas começaram a discutir, enquanto Evie tentava sugerir, em vão, que esquecessem aquela canção em particular e começassem a cantar outras.

Elas estavam tão concentradas no debate, na verdade, que só perceberam que uma pessoa entrara na sala ao ouvirem uma voz feminina rindo.

– Lillian, sua tola, você sempre se confunde, são *"dez lordes saltando"*.

– Daisy! – gritou Lillian, e foi correndo até a irmã mais nova. Elas eram extremamente próximas, companheiras e parceiras desde a mais remota lembrança. Toda vez que alguma coisa divertida, assustadora, maravilhosa ou terrível acontecia, Daisy sempre era a primeira para quem Lillian queria contar a notícia.

Daisy adorava ler, tendo alimentado sua imaginação com tantos livros que, se fossem colocados um em seguida do outro, provavelmente atravessariam todo o território da Inglaterra. Ela era encantadora, caprichosa, divertida, mas – e isso era a coisa estranha com relação à Daisy – também era uma pessoa muito racional, com uma percepção quase sempre precisa das coisas.

Há menos de três meses, Daisy se casara com Matthew Swift, que era, sem dúvida, a pessoa de quem Thomas Bowman mais gostava no mundo. A princípio, Lillian fora firmemente contra a união, sabendo que tinha sido planejada pelo seu pai dominador. Ela temia que Daisy fosse forçada a um casamento sem amor com um jovem ambicioso que não a valorizasse. No entanto, acabou ficando claro que Matthew realmente amava Daisy. E isso conseguira suavizar os sentimentos de Lillian com relação a ele. Ela e Matthew tinham chegado a uma trégua, em razão do afeto que os dois tinham por Daisy.

Lillian atirou os braços em volta do corpo de Daisy, pequeno e esbelto, abraçando-a com força, e depois se afastou para vê-la. Daisy nunca estivera tão bem, o cabelo castanho-escuro preso no topo da cabeça em intrincadas tranças, seus olhos castanhos brilhando de felicidade.

– Agora o feriado pode finalmente começar – disse Lillian com satisfação, e olhou para Matthew Swift, que tinha ido ficar ao lado delas depois de cumprimentar Annabelle e Evie. – Feliz Natal, Matthew.

– Feliz Natal, milady – respondeu ele, inclinando-se prontamente para beijar a bochecha que ela lhe oferecia.

Ele era um rapaz alto e bem-apessoado, sua herança irlandesa era evidente em sua pele clara, cabelo preto e olhos azul-celeste. Matthew tinha a natureza perfeita para lidar com os temperamentais Bowmans; era diplomático e confiável e tinha um ótimo senso de humor.

– São mesmo *dez* senhoras dançando? – perguntou Lillian a ele, e Swift sorriu.

– Minha senhora, nunca consegui me lembrar de nenhuma parte dessa música.

– Sabe – disse Annabelle contemplativamente –, sempre entendi por que a canção diz que os cisnes estão nadando e os gansos, chocando. Mas por que, pelo amor de Deus, os lordes estão saltando?

– Estão perseguindo as senhoras – disse Swift de maneira sensata.

– Na verdade, acredito que a música estivesse se referindo à dança Morris. Era comum que dançarinos servissem de entretenimento entre refeições durante longos banquetes medievais – informou Daisy.

– E era uma dança com sapateado? – perguntou Lillian, intrigada.

– Sim, com longas espadas, como os ritos primitivos da fertilidade.

– Uma mulher bem-versada é uma criatura perigosa – comentou Swift com um sorriso, inclinando-se para pressionar os lábios contra o cabelo escuro de Daisy.

Satisfeita pela óbvia afeição dele por sua irmã, Lillian disse sinceramente:

– Que bom que você está aqui, Matthew... Papai tem sido um absoluto tirano, e você é o único que pode acalmá-lo. Ele e Rafe estão se desentendendo, como sempre. E, pelo jeito com que se encaram, fico surpresa por não atearem fogo um ao outro com o olhar.

Swift franziu a testa.

– Vou conversar com seu pai sobre esse casamento ridículo.

– Parece que está se tornando um evento anual – disse Daisy. – Depois de juntar nós dois no ano passado, agora ele quer forçar Rafe a se casar com alguém. O que a mamãe diz sobre isso?

– Muito pouco – respondeu Lillian. – É difícil falar quando se está salivando em excesso. Mamãe fica totalmente cega com a possibilidade de ter uma nora aristocrática para exibir.

– O que achamos de lady Natalie? – perguntou Daisy.

– Ela é uma garota muito simpática – disse Lillian. – Você vai gostar dela, Daisy. Mas eu tenho vontade de esganar o papai por fazer do casamento uma condição para Rafe ter uma participação na Bowman's.

– Ele não deveria ter de se casar com ninguém – comentou Swift, franzindo a testa. – Precisamos de alguém para estabelecer as novas fábricas... e eu não conheço ninguém além do seu irmão que entenda bem do negócio para cuidar disso. Eu não posso fazer isso... Bristol já ocupa todo o meu tempo.

– Sim, bem, papai colocou o casamento com lady Natalie como requisito inegociável – disse Lillian de cara fechada. – Principalmente porque não perde a chance de obrigar qualquer um de seus filhos a fazer algo que não queira, o velho introme...

– Se tem alguém que tem chance de ser ouvido por ele – interrompeu Daisy –, esse alguém é o Matthew.

– Vou procurá-lo agora – disse Matthew. – Ainda não o vi. – Então sorriu para o grupo das antigas Flores Secas e acrescentou, brincando (ainda que com um fundo de verdade): – Fico preocupado em deixar vocês quatro juntas. Não estão planejando nenhum esquema maluco, não é?

– Claro que não! – Daisy deu-lhe um pequeno empurrão em direção à entrada do salão de baile. – Prometo que ficaremos perfeitamente comportadas. Vá encontrar o papai e, se ele estiver explodindo, por favor, o acalme.

– É claro. – Mas, antes de partir, Matthew puxou a esposa de lado e sussurrou: – Por que os vestidos delas têm rasgos?

– Tenho certeza de que há uma boa explicação para isso – murmurou ela, dando um beijo rápido no queixo dele.

Voltando-se para as outras, Daisy abraçou Evie e Annabelle.

– Trouxe um monte de presentes para todos – disse ela. – Bristol é um lugar maravilhoso para fazer compras. Mas foi bastante difícil encontrar presentes para os maridos. Todos parecem ter tudo o que um homem poderia querer.

– Incluindo esposas maravilhosas – disse Annabelle, sorrindo.

– O Sr. Hunt tem um estojo de palitos de dente? – perguntou Daisy. – Comprei um de prata gravado para ele, mas, se ele já tiver, tenho outras opções.

– Acho que não tem – respondeu Annabelle. – Vou perguntar quando ele chegar.

– Ele não veio com você?

O sorriso de Annabelle pareceu sem graça.

– Não, e odeio ficar longe dele. Mas a demanda pela produção de locomotivas se tornou tão grande, que o Sr. Hunt está sempre soterrado de trabalho. Ele está entrevistando pessoas para ajudá-lo, mas, enquanto isso... – Ela suspirou e deu de ombros levemente desolada. – Espero que ele venha depois do fim de semana, se conseguir se liberar.

– E quanto a St. Vincent? – perguntou Daisy a Evie. – Ele já chegou?

Evie balançou a cabeça, a luz atravessava seu cabelo vermelho, emitindo brilhos cor de rubi.

– O pai de St. Vincent está doente, e ele achou que devia visitá-lo. Embora os médicos do duque tenham dito que não é grave, na sua idade nunca se sabe. St. Vincent planeja ficar com ele pelo menos três ou quatro dias, e depois vir direto para Hampshire.

Embora tentasse parecer tranquila, havia um tom de melancolia na sua voz. De todas as antigas Flores Secas e seus companheiros, a ligação de Evie com St. Vincent fora a menos provável, e a mais difícil de entender. Eles não eram de dar demonstrações públicas, mas davam a impressão de que em sua vida particular tinham uma intimidade além do normal.

– Ah, quem precisa de maridos? – disse Annabelle alegremente, passando um braço em volta dos ombros de Evie. – Está claro que temos mais do que o suficiente para nos manter *muito* ocupadas até eles chegarem.

CAPÍTULO 8

Foi uma tortura particular para Hannah ter sido chamada para ficar como acompanhante e, portanto, forçada a sentar-se ao lado de Natalie durante a *soirée* musical daquela noite, enquanto Rafe Bowman ocupava o assento do outro lado de Natalie. As harmonias entrelaçadas de dois sopranos, um barítono e um tenor eram acompanhadas por piano, flauta e violinos. Muitas das crianças mais velhas puderam sentar-se em fileiras no fundo da sala. Vestidas com suas melhores roupas, as crianças sentaram-se bem eretas, fazendo o possível para não se inquietarem, sussurrarem ou se mexerem.

Hannah pensou ironicamente que as crianças estavam se comportando muito mais que seus pais. Havia muitos sussurros em meio aos adultos, principalmente nos intervalos entre cada apresentação musical.

Ela observou que Rafe Bowman tratava Natalie com impecável cortesia. Eles pareciam encantados um com o outro. Discutiam as diferenças entre Nova York e Londres, descobriram que tinham gostos semelhantes para livros e música, e os dois amavam cavalgar. Bowman se comportava de maneira tão envolvente com Natalie que, se Hannah não o conhecesse, teria dito que era um perfeito cavalheiro.

Mas ela sabia que o conhecia bem.

E Hannah percebeu que era apenas uma das muitas pessoas na sala atentas às interações entre Bowman e Natalie. Havia os Blandfords, é claro, e os pais de Bowman. Até mesmo lorde Westcliff de vez em quando olhava para o casal com sutil especulação, mantendo um discreto sorriso nos lábios. Mas a pessoa que mais prestava atenção era lorde Travers, que tinha a face tensa e os olhos azuis inquietos. Hannah sentiu o coração doer um pouco ao perceber que havia ali um homem que gostava muito de Natalie e que, com uma pequena brecha, a amaria intensamente. E, no entanto, tudo indicava que ela provavelmente escolheria Bowman.

Natalie, você não é nem de longe tão sábia quanto imagina, pensou lamentando-se. Fique com o homem que faria sacrifícios por você, que a amaria por quem você é e não pelo que ganharia se casando com você.

A pior parte da noite de Hannah veio depois da apresentação, enquanto as pessoas se dispersavam e vários grupos se organizavam em diversos locais da casa. Natalie puxou Hannah num canto, os olhos azuis brilhando de animação.

– Em alguns minutos, vou escapar com o Sr. Bowman – sussurrou ela. – Vamos nos encontrar sozinhos no terraço inferior. Então fique longe de nós, e se alguém perguntar onde estou, dê-lhes alguma desculpa e...

– Não – disse Hannah suavemente, revirando os olhos. – Se for vista com ele, será um escândalo.

Natalie riu.

– O que importa? Provavelmente vou me casar com ele.

Hannah balançou a cabeça, insistindo na sua posição. Suas experiências com Bowman não tinham lhe deixado dúvidas de que ele se aproveitaria de Natalie. E seria culpa de Hannah se permitisse isso.

– Você pode encontrá-lo no terraço inferior, mas eu vou com você.

O sorriso de Natalie desapareceu.

– *Agora* você resolveu bancar a acompanhante atenta? Não. Estou decidida, Hannah. Sempre fui gentil com você, e você sabe que está em dívida comigo. Então dê uma volta por aí e não faça uma cena.

– Vou protegê-la dele – disse Hannah em tom severo.

– Porque se o Sr. Bowman comprometer a sua reputação, você não terá mais escolha. Terá de se casar com ele.

– Bem, eu certamente não vou pensar em noivado sem descobrir se ele beija bem. – Os olhos de Natalie se estreitaram. – Não me aborreça, Hannah, deixe-nos em paz.

Mas Hanna insistiu. Por fim, ela se viu de pé, contrariada, ao lado do terraço inferior, enquanto Natalie e Rafe Bowman conversavam. Bowman parecia não se perturbar com a presença de Hannah. Mas Natalie estava furiosa e disse em voz alta, com tom ligeiramente cáustico, frases como: "Não dá para se falar nada interessante quando há uma acompanhante por perto" ou "É impossível se livrar de *certas pessoas*".

Hannah, que até então jamais fora alvo daquele comportamento infantil de Natalie, se sentia perplexa e magoada. Se Hannah estava em dívida com Natalie porque a garota sempre fora gentil com ela, o contrário também era verdade: Hannah também poderia ter tornado a vida de Natalie muito menos agradável.

– Você não acha irritante, Sr. Bowman – disse Natalie de maneira enfática –, as pessoas insistirem em ir aonde não são desejadas?

Hannah ficou tensa. Já bastava. Embora tivesse sido encarregada de cuidar de Natalie e acompanhá-la, não permitiria ser tratada daquele jeito.

Antes que Bowman pudesse dizer alguma coisa, Hannah falou friamente.

– Vou deixá-los em paz com a privacidade que tanto desejam, Natalie. Não tenho dúvidas de que o Sr. Bowman aproveitará ao máximo... Boa noite.

Então deixou o terraço inferior, corada de indignação e decepção. Como não poderia se juntar a nenhum dos grupos no andar de cima sem levantar perguntas sobre o paradeiro de Natalie, suas únicas opções eram ir para a cama, ou encontrar algum lugar para se sentar sozinha. Mas não estava com sono, a raiva ainda fervia dentro dela. Talvez pudesse encontrar um livro para mantê-la ocupada.

Ela foi para a biblioteca, espreitando discretamente pela porta para ver quem estava lá dentro. Havia um grupo de crianças, a maioria delas sentada no chão, enquanto um senhor de idade barbudo estava sentado em uma cadeira estofada. Ele segurava um pequeno livro gravado em dourado nas mãos, contraindo os olhos por trás dos óculos.

– Leia, vovô! – exclamou uma criança.

– Continue! Você não pode parar assim – insistiu outra. O velho suspirou.

– Quando começaram a usar letras tão pequenas? E por que a luz aqui é tão fraca?

Hannah sorriu solidariamente e entrou na sala.

– Posso ajudar, senhor?

– Ah, sim. – Com um olhar agradecido, ele se levantou da cadeira e estendeu o livro para ela. Era uma obra de Charles Dickens intitulada *Um conto de Natal*. Publicada dois anos antes, a história da redenção tinha sido uma sensação instantânea, e dizia-se que reavivara a alegria das pessoas mais céticas com relação ao Natal e a todas as suas tradições. – Você se importaria de ler um pouco? – perguntou o senhor. – Isso cansa tanto meus olhos. E eu gostaria de me sentar ao lado do fogo e terminar minha bebida.

– Eu adoraria, senhor. – Hannah, então, pegou o livro e olhou meio de lado para as crianças. – Posso ler?

Todos gritaram imediatamente.

– Sim!

– Não perca a página, senhorita!

– O primeiro dos três espíritos chegou – disse um dos meninos.

Hannah sentou-se na cadeira, encontrou a página correta e começou.

"É você, senhor, o espírito que me anunciaram?", perguntou Scrooge.

"Sim."

A voz era suave e gentil. Singularmente baixa, como se, em vez de estar tão perto dele, o espírito estivesse bem longe.

"Quem ou o que é você?"

"Sou o Fantasma dos Natais Passados."

Hannah olhou ao redor e conteve um sorriso ao ver os rostos fascinados das crianças, e os arrepios encantados que sentiam ao ouvir sua versão de voz fantasmagórica.

Enquanto lia, a magia das palavras de Dickens operou um encanto sobre todos e aliviou a dúvida e a raiva do coração de Hannah. E ela se lembrou de algo que tinha esquecido: o Natal não era apenas um dia. Natal era um sentimento.

~

Com certeza não teria sido difícil beijar lady Natalie. Mas Rafe evitou tomar tal liberdade, principalmente porque ela parecia tão determinada a levá-lo a isso.

Depois que Hannah deixara o terraço inferior, Natalie parecera constrangida e na defensiva, dizendo que os homens tinham sorte de não precisar de acompanhantes em todos os lugares porque às vezes aquilo podia ser enlouquecedor. E Rafe concordara, falou que devia ser mesmo bastante inconveniente ter alguém todo o tempo ao seu lado, mas dissera que, ao mesmo tempo, a Srta. Appleton lhe parecia uma companhia tolerável.

– Ah, na maioria das vezes Hannah é um amor – disse Natalie. – Ela pode ser bastante burguesa, mas isso era de se esperar. Ela vem do lado pobre da família, e é uma de quatro irmãs solteiras, sem irmãos. Sua mãe já faleceu. Não quero parecer que estou me gabando, mas se eu não tivesse dito a meu pai que queria Hannah como acompanhante, ela teria sofrido anos de trabalho árduo cuidando das irmãs. E, como ela nunca gasta um xelim consigo mesma, pois manda seu subsídio para o pai, eu lhe dou minhas roupas antigas e compartilho quase tudo que é meu.

– Isso é muito generoso de sua parte.

– Não, de jeito nenhum – disse ela. – Eu gosto de vê-la feliz. Talvez eu tenha sido um pouco dura com ela há alguns instantes, mas ela não estava sendo razoável.

– Receio que tenha de discordar – disse Rafe. – A Srta. Appleton é uma boa juíza de caráter.

Natalie sorriu, intrigada.

– Você está dizendo que ela estava correta na avaliação que fez de você? – Ela se aproximou dele com os lábios macios e convidativos. – Que você vai se aproveitar de nossa privacidade?

– Odeio ser previsível – disse ele com pesar, divertindo-se com o biquinho dela. – Portanto... não. Acho que devemos voltar lá para cima para não provocarmos fofocas.

– Não tenho medo de fofocas – disse ela, colocando a mão em seu braço.

– Então você claramente ainda não fez nada digno de uma fofoca.

– Talvez eu só não tenha sido apanhada – disse Natalie, fazendo-o rir.

Era fácil gostar de lady Natalie, que era esperta e bonita. E não seria difícil levá-la para a cama. Casar-se com ela dificilmente seria um preço alto a pagar para conseguir o negócio que queria com seu pai. Ah, ela era um pouco mimada e impertinente, com certeza, mas não mais do que a maioria das jovens com a sua posição. Além disso, sua beleza, suas conexões e sua linhagem nobre fariam dela uma esposa pela qual outros homens o invejariam.

Enquanto caminhava com ela em direção ao hall da entrada principal, passaram pela porta aberta da biblioteca, onde conversara recentemente com seu pai. Uma cena muito diferente se abria diante de seus olhos agora.

A luz quente da lareira projetava sombras tremulantes nos cantos das paredes, espalhando um suave brilho pela sala. Hannah Appleton estava sentada em uma cadeira grande, lendo em voz alta, cercada por um grupo de crianças que a ouvia avidamente.

Um senhor cochilava junto à lareira com o queixo apoiado no peito. Ele fungava quando, vez ou outra, um garoto travesso estendia o braço para fazer cócegas em seu rosto com uma pena. Mas o menino logo parou, atraído pela história de Ebenezer Scrooge e a visita que recebeu de um espírito de Natal.

Rafe ainda não tinha lido aquele livro tão popular, mas reconheceu a história depois de ouvir um trecho. *Um conto de Natal* tinha sido tão citado e discutido que sua crescente fama o aborrecia. Ele fizera pouco do livro, achando que devia ser bobo e sentimental, nada que merecesse seu tempo.

Mas enquanto observava Hannah, seu rosto suave e animado, e ouvia as vívidas inflexões de sua voz, não podia deixar de se sentir envolvido.

Acompanhado pelo Espírito dos Natais Passados, Scrooge se via como fora quando menino, solitário e isolado durante o feriado até sua irmã mais nova ir buscá-lo.

"Sim!", disse a criança, vibrando de alegria. "Voltaremos de vez para casa. Papai anda tão mais gentil que nosso lar parece o paraíso! Falou comigo tão carinhosamente outro dia, quando eu ia para a cama, que me atrevi a perguntar mais uma vez se você já podia voltar para casa. E ele disse que sim, que você deveria voltar, e me mandou aqui de carruagem para buscá-lo..."

Ao perceber a presença deles à porta, Hannah ergueu os olhos brevemente. E abriu um rápido sorriso para Natalie. Mas sua expressão era mais cautelosa ao olhar para Rafe. Então, voltou sua atenção para o livro e continuou a ler.

Rafe podia notar aquela mesma atração calorosa e peculiar que sentia cada vez que se aproximava de Hannah. Ela estava adoravelmente desalinhada, sentada naquela cadeira enorme, com um pé com chinelo por baixo do corpo. Ele queria brincar com ela, beijá-la, desmanchar aquele cabelo sedoso e penteá-lo com seus dedos.

– Vamos embora – sussurrou Natalie ao seu lado.

Rafe sentiu uma ligeira irritação. Natalie queria ir a outro lugar para continuar a conversa deles do ponto em que a interromperam, e flertar, e talvez provar um pouco dos prazeres adultos que eram novos para ela, e tão incrivelmente familiares para ele.

– Vamos ouvir por um momento – murmurou ele, guiando-a para a biblioteca.

Natalie era muito esperta para mostrar sua impaciência.

– Claro – respondeu ela e foi se acomodar graciosamente na cadeira desocupada junto à lareira. Rafe ficou de pé perto dela, apoiando um ombro no console da lareira, e concentrou-se em Hannah, que continuava a ler a história.

Scrooge seguiu a viagem pelo seu passado, incluindo o alegre baile de Fezziwig. Seguiu-se uma cena triste, na qual ele foi confrontado por uma jovem que o amava, mas agora aceitava que o desejo dele por riquezas superasse qualquer outro sentimento.

"... se você estivesse livre hoje, ontem ou amanhã, devo acreditar que escolheria uma moça sem dote?... E se você traísse o princípio que o orienta e a escolhesse, por acaso não sei que se arrependeria logo? Sei disso, por isso o libero. De todo o coração, pelo amor que senti por quem você já foi um dia..."

"Espírito!", pediu Scrooge com a voz falhando. "Tire-me daqui."

Rafe não gostava de sentimentalismo. Já tinha visto e vivido o suficiente do mundo para resistir à atração das histórias sentimentais. Mas, à medida que ouvia Hannah, sentia um calor inexplicável se espalhar por ele, que não tinha relação alguma com o fogo crepitante na lareira. Hannah lia a história de Natal com um prazer e uma convicção inocentes que eram verdadeiros demais para ele resistir. Ele queria ficar sozinho com ela e ouvir sua voz baixa e encantadora por horas. Queria deitar a cabeça no seu colo até sentir a curva da coxa dela contra sua bochecha.

Enquanto Rafe a observava, sentia a aceleração da excitação, o calor crescente da ternura e uma dor provocada pelo desejo. Um pensamento terrível surgiu na sua mente, o desejo de que *ela* fosse filha de Blandford, e não Natalie. Santo Deus, ele teria se casado com ela na hora. Mas isso era impossível, sem falar que era injusto com Natalie. E pensar nisso o fazia sentir-se como o patife que Hannah o acusara de ser.

Quando Hannah terminou o segundo capítulo e prometeu sorridente às crianças que leria mais na noite seguinte, Rafe teve um sentimento altruísta por alguém pela primeira vez em sua vida... Desejou que Hannah algum dia encontrasse um homem que a amasse.

Depois de elogiar os cantores e músicos por sua ótima performance e levar um grupo de senhoras para tomar chá no salão, Lillian voltou à sala de visitas. Alguns dos convidados ainda estavam reunidos lá, incluindo seu marido, que estava no canto, conversando com Eleanor, lady Kittridge.

Lillian procurou ignorar a pontada fria em seu estômago e foi até Daisy, que acabara de falar com algumas das crianças.

– Olá, querida – disse Lillian, forçando um sorriso. – Gostou da música?

– Sim, muito. – Ao olhar para o rosto dela, Daisy perguntou sem rodeios: – O que aconteceu?

– Não há nenhum problema. Nenhum mesmo. Por que pergunta?

– Sempre que você sorri assim, ou está preocupada com alguma coisa, ou acabou de pisar em algo.

– Eu não pisei em nada.

Daisy olhava para ela, preocupada.

– Então o que é?

– Está vendo aquela mulher com quem Westcliff está conversando?

– A loura bonita com o corpo incrível?

– Sim – respondeu Lillian com amargura.

Daisy esperou pacientemente.

– Desconfio... – começou Lillian, e ficou surpresa ao sentir um nó na garganta e uma pressão quente se acumular por trás dos olhos. Sua desconfiança era terrível demais para ela conseguir pronunciá-la.

Seu marido estava interessado em outra mulher.

Não que fosse acontecer alguma coisa, porque Westcliff era um homem de absoluta honra. Simplesmente não era da sua índole algum dia trair a esposa, por maior que fosse a tentação. Lillian sabia que ele sempre seria fiel a ela, pelo menos fisicamente. Mas ela queria seu coração, por inteiro, e ver os sinais de sua atração por outra pessoa fazia com que tivesse vontade de morrer.

Todo mundo dissera desde o início que o conde de Westcliff e uma impetuosa herdeira americana eram o casal mais improvável que se podia imaginar. Mas não demorou muito para Lillian descobrir que, sob o ar reservado de Marcus, havia um homem de paixão, ternura e humor. E, de sua parte, Marcus parecia gostar do seu jeito irreverente e da natureza vibrante. Os últimos dois anos de casamento haviam sido maravilhosos, como Lillian jamais sonhara.

Mas recentemente Westcliff passara a dar notável atenção a lady Kittridge, uma jovem e bela viúva que tinha tudo em comum com ele. Ela era elegante, aristocrática, inteligente e, para completar, se tratava de uma extraordinária amazona conhecida por levar adiante a paixão de seu falecido marido pela criação de cavalos. Os animais dos estábulos de Kittridge eram os descendentes mais bonitos dos melhores cavalos árabes do mundo, com um caráter dócil e um porte espetacular. Lady Kittridge era a mulher perfeita para Westcliff.

No início, Lillian não se preocupara com as interações entre lady Kittridge e seu marido. As mulheres estavam sempre se atirando para cima de Westcliff, que era um dos homens mais poderosos da Inglaterra. Mas eles começaram a se corresponder. E logo depois ele passara a visitá-la, supostamente para aconselhá-la sobre alguns assuntos financeiros. E por fim, Lillian começara a sentir aquelas pontadas de ciúme e insegurança.

– Eu... nunca consegui me convencer de que Marcus é de fato meu – admitiu humildemente para Daisy. – Ele é a única pessoa, além de você, que já me amou de verdade... Ainda parece um milagre ele ter gostado de mim a ponto de querer se casar comigo. Mas agora eu acho... eu temo... que ele possa estar se cansando de mim.

Daisy arregalou os olhos.

– Você está dizendo que acha que ele... e lady Kittridge...

Lillian sentiu os olhos ficarem quentes e embaçados.

– Eles parecem ter muita afinidade – disse ela.

– Lillian, isso é *loucura* – sussurrou Daisy. – Westcliff a adora. Você é a mãe da filha dele.

– Não estou dizendo que acho que ele é infiel – sussurrou Lillian de volta. – Ele é honrado demais para isso. Mas não quero que ele deseje isso.

– A frequência de suas... bem, das atenções de marido... diminuíram?

Lillian corou um pouco enquanto pensava na pergunta.

– Não, de forma alguma.

– Bem, isso é um bom sinal. Em alguns dos romances que li, o cônjuge infiel dá menos atenção à esposa depois que começa a ter um caso.

– O que mais dizem os romances?

– Bem, às vezes um marido traidor pode usar um novo perfume, ou começar a amarrar a gravata de uma maneira diferente.

Um olhar preocupado franziu a testa de Lillian.

– Nunca noto sua gravata. Vou ter de começar a observá-lo mais de perto.

– É comum também que desenvolva um interesse desagradável pelos horários da esposa.

– Bem, isso não ajuda... Westcliff tem um interesse desagradável pelos horários de *todos*.

– E quanto a novos truques?

– Que tipo de truques?

Daisy manteve a voz baixa.

– No quarto.

– Ah, Deus. Isso é um sinal de infidelidade? – Lillian lançou-lhe um olhar atônito. – Como os malditos romancistas sabem dessas coisas?

– Converse com ele – insistiu Daisy, com delicadeza. – Conte a ele seus medos. Tenho certeza de que Westcliff nunca faria nada para magoá-la, querida.

– Não, nunca deliberadamente – concordou Lillian, com um frágil sorriso. Ela olhou por uma janela próxima para a noite escura e fria lá fora. – Está ficando mais frio. Espero que neve no Natal, não é mesmo?

CAPÍTULO 9

Embora Hannah e Natalie tivessem tacitamente decidido deixar sua desavença da noite anterior para trás, as coisas entre elas ainda estavam estranhas no dia seguinte. Portanto, Hannah ficou aliviada em não ser incluída quando Natalie e lady Blandford saíram com um grupo de senhoras para um divertido passeio de carruagem pelo campo. Outras mulheres haviam preferido ficar em Stony Cross Park conversando enquanto tomavam chá e faziam trabalhos manuais. Enquanto isso, vários cavalheiros passavam o dia fora em um festival de cerveja em Alton.

Deixada à vontade para cuidar de suas coisas, Hannah explorou a mansão com calma, demorando-se na galeria de arte enquanto observava dezenas de pinturas inestimáveis. Visitou também o pomar, desfrutando do ar temperado pelo aroma de frutos cítricos e de loureiros. Era um lugar maravilhosamente quente, com passagens de ar em grades de ferro que permitiam a entrada do calor vindo de fornos no andar inferior. Estava a caminho do salão de baile, quando foi abordada por um menino que ela reconheceu como uma das crianças para quem tinha lido.

O menino parecia apreensivo e inseguro, seguindo depressa pelo corredor numa linha errática. Ele segurava uma espécie de brinquedo de madeira na mão.

– Olá. Você está perdido? – perguntou Hannah, agachando-se para falar com ele mais de perto.

– Não, senhorita.

– Qual é o seu nome?

– Arthur, senhorita.

– Você não parece muito feliz, Arthur. Algum problema?

Ele assentiu.

– Eu estava brincando com algo que não deveria, e agora a coisa ficou presa e vou apanhar por isso.

– O que é? – perguntou ela, solidária. – Onde você estava brincando?

– Eu vou lhe mostrar.

Ansioso, ele agarrou sua mão e saiu puxando-a.

Hannah foi voluntariamente.

– Aonde estamos indo?

– Para a árvore de natal.

– Ah, bom, eu estava mesmo indo para lá.

Arthur a levou ao salão de baile, que, felizmente para os dois, estava vazio. A árvore de Natal era enorme, repleta de decorações e guloseimas na metade inferior, mas ainda sem enfeites na parte de cima.

– Algo ficou preso na árvore? – perguntou Hannah, perplexa.

– Sim, senhorita, bem ali.

Ele apontou para um ramo acima da cabeça dos dois.

– Não vejo nada... ah, santo Deus, o que é isso?

Algo escuro e peludo pendia do galho, algo parecido com um ninho. Ou um roedor morto.

– É o cabelo do Sr. Bowman.

Os olhos de Hannah se arregalaram.

– A peruca dele? Mas por quê... como...?

– Bem – explicou Arthur –, eu o vi cochilando no sofá da biblioteca, e seu cabelo estava caindo, e eu pensei que poderia ser divertido brincar com ele. Então comecei a lançá-lo com minha catapulta de brinquedo, mas acabou indo tão alto que prendeu na árvore de Natal, e não consigo alcançá-lo. Eu ia colocá-lo de volta no Sr. Bowman antes que ele acordasse, ia mesmo! – Ele a encarou, esperançoso. – Você consegue pegar?

Àquela altura, Hannah tinha se virado, coberto o rosto com as mãos, e estava rindo demais para respirar.

– Eu não deveria rir – disse ela, ofegante. – Ah, eu não deveria...

Mas, quanto mais tentava conter o riso, mais ela ria, até que foi forçada a enxugar os olhos na manga do vestido. Quando se acalmou um pouco, olhou para Arthur, que a encarava com a cara amarrada, e isso quase a fez cair na risada de novo. Como ele corria o risco de levar umas palmadas, não achava a situação nem um pouco divertida.

– Perdoe-me – conseguiu dizer ela. – Pobre Arthur. Pobre Sr. Bowman! Sim, vou pegar, não importa o que eu tenha de fazer.

A peruca tinha de ser recuperada, não só pelo bem de Arthur, mas também para salvar o Sr. Bowman do constrangimento.

– Já tentei a escada – disse Arthur. – Mas, mesmo no alto, ainda não consigo alcançar.

Hannah olhou para a escada ali perto para avaliar a situação. Era uma escada extensível, uma estrutura em A composta de dois conjuntos de degraus com um terceiro, extensível, apoiado entre eles. Dava para deslizar a parte do meio para cima ou para baixo para ajustar a elevação. E já tinha sido erguida até a altura máxima.

– Você não é muito alta – disse Arthur, com ar de dúvida. – Acho que também não consegue alcançar.

Hannah sorriu para ele.

– Eu posso ao menos tentar.

Juntos, eles reposicionaram a escada perto de um dos nichos com assento que havia na parede. Hannah tirou os sapatos. Tomando cuidado para não pisar na bainha de suas próprias saias, subiu corajosamente a escada calçada apenas com sua meia, hesitando por um segundo antes de continuar. Cada vez mais alto, até chegar ao topo da escada. Ela esticou o braço para pegar a peruca, mas percebeu, com desânimo, que o objeto estava aproximadamente 15 centímetros fora de seu alcance.

– Maldição – murmurou ela. – Por pouco não consigo pegar.

– Não caia, senhorita – disse Arthur. – Talvez você deva descer agora.

– Não posso desistir ainda. – Hannah olhou da escada para a base saliente no alto do nicho da parede. Ficava cerca de trinta centímetros acima do degrau superior da escada. – Se eu estivesse de pé naquela beirada, acho que poderia alcançar a peruca do Sr. Bowman – calculou.

Então, com cuidado, ela se esticou e passou para a beirada, arrastando com ela a sua saia.

– Eu nunca imaginaria que damas da sua idade soubessem escalar – comentou Arthur, parecendo impressionado.

Hannah abriu um sorriso melancólico. Com muita atenção, ela se levantou e estendeu a mão em direção às mechas da desafortunada peruca. Mas, para sua decepção, ainda estava longe.

– Bem, Arthur, a má notícia é que ainda não posso alcançá-la. A boa é que você tem uma catapulta muito eficiente.

O garoto soltou um suspiro.

– Vou levar uma surra.

– Não necessariamente. Pensarei em alguma maneira de recuperá-la. Enquanto isso...

– Arthur! – Outro garoto apareceu na entrada do salão de baile. – Todos estão procurando por você – disse ele sem fôlego. – Seu professor falou que você está atrasado para as aulas, ele está ficando cada vez mais irritado!

– Ah, raios – murmurou Arthur. – Tenho que ir, senhorita. Você consegue descer daí?

– Sim, ficarei bem – respondeu Hannah. – Vá, Arthur, não se atrase para as aulas.

– Obrigado! – gritou ele e saiu correndo da sala.

O som da voz de seu companheiro veio lá do corredor:

– Por que ela está lá em cima...?

Hannah avançou lentamente para a escada. No entanto, antes que pudesse subir de volta, a extensão do meio desabou, um *claque-claque-claque* alto ecoou pelo salão de baile. Atônita, Hannah ficou olhando para a escada em forma de A, que agora estava muito, *muito* abaixo dela.

– Arthur? – chamou ela, mas não houve resposta.

Hannah, então, percebeu que estava em apuros.

Como sua manhã tranquila fora acabar assim, com ela presa no alto do salão de baile sem ter como descer, num dia em que a mansão estava quase vazia? Na tentativa de salvar o Sr. Bowman de um constrangimento, acabara se colocando em uma situação embaraçosa. Quem quer que a encontrasse certamente não manteria o ocorrido em segredo, e a história seria repetida infinitamente até ela ser motivo de riso de todos os que estavam reunidos ali para o feriado.

Hannah deixou escapar um suspiro.

– Olá? – chamou, esperançosa. – Alguém pode me ouvir?

Nenhuma resposta.

– *Bolas* – disse com veemência. Era a pior palavra que ela conhecia.

Como parecia que ela ficaria ali por um longo tempo até que alguém aparecesse para resgatá-la, pensou em se sentar na beirada. Mas era bem estreita. Se perdesse o equilíbrio, sem dúvida iria quebrar alguma coisa.

Entediada, envergonhada e ansiosa, ela esperou e esperou, e tinha certeza de que já haviam se passado pelo menos quinze minutos. De vez em quando, ela gritava por ajuda, mas a mansão estava completamente silenciosa.

E, quando já se corroía de frustração e autopiedade, alguém chegou à porta. A princípio, pensou que fosse um criado. Ele estava vestido de um jeito absurdamente informal, com calça preta e as mangas da camisa enroladas, deixando à mostra seus braços fortes. Mas, quando ele entrou na sala com seu jeito desleixado, ela logo reconheceu a maneira como se movia e fechou os olhos, frustrada.

– Tinha que ser *você* – murmurou ela.

Ela ouviu seu nome ser pronunciado em tom de gozação, abriu os olhos e viu Rafe Bowman parado abaixo dela. Sua expressão era estranha, uma mistura de divertimento, confusão e algo que parecia preocupação.

– Hannah, mas que diabo você está fazendo aí em cima?

Ela estava angustiada demais para repreendê-lo por usar seu primeiro nome.

– Eu estava tentando alcançar uma coisa – disse ela brevemente. – A escada desmoronou... E o que *você* está fazendo aqui?

– Fui recrutado pelas Flores Secas para ajudar a decorar a árvore. Como os criados estão todos ocupados, elas precisavam de pessoas altas que não tivessem problemas para subir escadas. – Uma pausa irônica. – Você não parece se enquadrar em nenhum destes dois critérios, querida.

– Eu subi perfeitamente bem. – Hannah estava vermelha dos pés à cabeça. – Só descer é que acabou se tornando um problema. E não me chame de querida, e... o que você quer dizer com Flores Secas?

Bowman começara a subir a escada.

– Um nome tolo que minhas irmãs e suas amigas deram ao seu pequeno grupo.

– O que você estava tentando alcançar?

– Nada importante.

Ele sorriu.

– Receio que não possa ajudá-la até que me conte.

Hannah queria muito mandá-lo embora dali e responder que preferiria esperar *dias* naquela posição a ter de aceitar a ajuda dele. Mas estava se cansando de ficar de pé naquela maldita beirada.

Ao ver a indecisão dela, Bowman disse casualmente:

– Os outros vão acabar chegando. E eu devo lhe dizer que daqui tenho uma excelente visão das suas saias.

Hannah, então, respirou fundo e tentou recolher seu vestido mais para junto do corpo. A tentativa fez com que desequilibrasse um pouco.

Bowman praguejou, deixando de achar graça na mesma hora.

– Hannah, *pare*. Não estou olhando. Fique quieta, droga. Vou subir para ajudá-la.

– Posso fazer isso sozinha. É só colocar a escada perto de mim.

– De jeito nenhum. Não vou correr o risco de deixar você quebrar o seu pescoço.

Depois de estender a escada até a altura máxima, Bowman subiu com uma rapidez surpreendente.

– Ela vai desmontar de novo – disse Hannah, nervosa.

– Não, não vai. Há suportes de ferro dos dois lados da escada do meio. Provavelmente não estavam bem firmes antes de você subir. É preciso sempre prestar atenção para ver se os suportes estão presos no lugar antes de usar uma coisa dessas.

– Nunca mais pretendo subir em coisa alguma – disse ela com veemente sinceridade.

Bowman riu. Ele estava no alto da escada agora, uma das mãos estendida.

– Agora, devagar, pegue a minha mão e mova-se com cuidado. Você vai colocar seu pé naquele degrau e virar de frente para a parede. Vou ajudá-la.

Enquanto obedecia, ocorreu a Hannah que a logística de descer era um pouco mais difícil do que tinha sido a de subir. Sentiu-se invadida por uma onda de gratidão por Bowman, principalmente porque ele estava sendo muito mais gentil do que ela esperava.

Hannah sentiu a mão forte dele passar firme em volta da sua cintura, enquanto sua voz grave a reconfortava.

– Está tudo bem, estou com você. Agora venha na minha direção e coloque seu pé... não, aí não, mais alto... Sim. Isso mesmo.

Hannah já estava com os dois pés na escada, e ele a guiou para baixo até seus braços se fecharem dos dois lados dela, seu corpo lhe dando firmeza e calor. Ela estava de costas para Bowman, olhando através dos degraus da escada, ele, por trás, pressionava seu corpo contra o dela. Quando ele disse algo, Hannah sentiu a respiração quente em seu rosto.

– Você está a salvo. Descanse um instante. – Ele deve ter sentido o arrepio que correu pelo corpo dela. – Calma. Não vou deixar você cair.

Ela queria dizer que não tinha medo de altura. Era só a estranha sensação de estar suspensa e ainda assim segura, além do delicioso perfume dele, tão refrescante e masculino, e dos músculos que ela podia sentir através do linho fino de sua camisa. Um calor curioso surgia dentro dela, espalhando-se aos poucos.

– A escada vai nos aguentar? – perguntou ela com algum esforço.

– Sim, poderia facilmente aguentar uma meia dúzia de

pessoas. – A voz dele era tranquila e reconfortante; suas palavras, uma suave carícia nos seus ouvidos. – Vamos descer um passo de cada vez.

– Sinto cheiro de menta – disse ela com curiosidade, torcendo o corpo o suficiente para olhar melhor para ele.

Um erro.

O rosto dele estava na altura do dela, aqueles olhos tão quentes e escuros, os cílios como seda preta. Um rosto tão forte, talvez um pouco angular, como o esboço de um artista que ainda não foi suavizado. Ela não podia deixar de imaginar o que havia por trás daquela fachada bruta e invulnerável, como ele seria em um momento de ternura.

– Estão fazendo bala de fita na cozinha. – O hálito dele era um sopro quente e doce de menta contra seus lábios. – Comi alguns pedaços quebrados.

– Você gosta de doces? – perguntou ela, insegura.

– Geralmente não. Mas gosto de menta.

Ele pisou em um degrau mais baixo, e ajudou-a a descer também.

– A peruca – protestou Hannah, enquanto descia com ele.

– O quê? – Rafe seguiu seu olhar, viu a peruca de seu pai pendendo de um galho e quase engasgou. Parou, então, abaixou a cabeça no ombro de Hannah e lutou para conter uma gargalhada que ameaçava derrubá-los da escada. – Era isso que você estava tentando alcançar? Santo Deus! – Ele a firmou com uma das mãos enquanto ela procurava onde apoiar o pé. – Deixando de lado a questão de como isso foi parar lá, por que você estava arriscando seu lindo pescoço por um punhado de cabelo morto?

– Queria poupar seu pai do constrangimento.

– Que doce alma você tem – disse ele suavemente.

Hannah, temendo que ele estivesse zombando dela, parou e virou-se para trás. Mas ele estava sorrindo, seu olhar era carinhoso. A expressão dele causou uma série de vibrações quentes no seu estômago.

– Hannah, a única maneira de poupar meu pai do constrangimento é impedindo-o de encontrar essa maldita peruca.

– Não lhe cai muito bem – admitiu ela. – Alguém já falou para ele?

– Sim, mas ele se recusa a aceitar o fato de que há duas coisas que o dinheiro não pode comprar: felicidade e cabelo de verdade.

– É cabelo de verdade – disse ela. – Só não nasce da cabeça dele.

Bowman riu e guiou-a mais um degrau para baixo.

– Por que ele não é feliz? – Hannah se atreveu a perguntar.

Bowman pensou por tanto tempo na pergunta que eles já tinham chegado ao chão quando respondeu.

– Essa é a pergunta que não quer calar: meu pai passou a vida toda buscando o sucesso. E agora que é mais rico do que Creso, ainda não está satisfeito. Ele possui vários cavalos, estábulos cheios de carruagens, ruas inteiras de edifícios... e mais companhia feminina do que qualquer homem deveria ter... Tudo isso me leva a crer que nada nem ninguém o saciará. E que ele nunca será feliz.

Hannah virou-se para encará-lo de frente, os pés ainda apenas com meias.

– E esse também é o seu destino, Sr. Bowman? – perguntou ela. – Nunca ser feliz?

Ele olhou para ela com uma expressão difícil de interpretar.

– Provavelmente.

– Eu sinto muito – disse ela, com gentileza.

Pela primeira vez desde que conhecera Bowman, ele parecia sem fala. Seu olhar era profundo, escuro e volátil, e ela sentiu seus dedos se fecharem contra o degrau. Hannah, então, foi tomada pela sensação que tinha sempre que estava do lado de fora, exposta ao ar frio e úmido, e entrava para tomar uma xícara de chá açucarado, nessas ocasiões em que o chá estava tão quente que quase doía bebê-lo, mas ainda assim a combinação da doçura e do calor era maravilhosa demais para resistir.

– Meu avô certa vez me disse – contou ela – que o segredo da felicidade é simplesmente parar de tentar.

Bowman continuou a olhar para ela fixamente, como se estivesse determinado a memorizar, absorver algo. Então ela sentiu uma compressão entre os dois como se o próprio ar estivesse empurrando-os para perto um do outro.

– E isso funciona com você? – perguntou ele com voz rouca. – Essa coisa de não tentar?

– Acho que sim.

– Acho que não consigo parar. – Seu tom era reflexivo. – É uma convicção americana, sabe. A busca da felicidade. Está em nossa Declaração de Independência até.

– Então acho que você deve obedecer, embora eu ache esta lei tola.

Um sorriso rápido cruzou o rosto dele.

– Não é uma lei, é um direito.

– Bem, seja lá o que for, você não pode ir à procura da felicidade como se fosse um sapato que perdeu debaixo da cama. Você já a tem, entende? Só tem que se permitir ser feliz. – Ela fez uma pausa e franziu a testa. – Por que você está balançando a cabeça para mim assim?

– Porque conversar com você me faz lembrar dessas citações que estão sempre bordadas nas almofadas das salas.

Ele estava debochando dela de novo. Se estivesse usando um par de botas resistentes, Hannah provavelmente teria chutado as canelas dele. Depois de fechar a cara, ela foi procurar seus sapatos.

Ao perceber o que ela queria, Bowman se abaixou para pegar as sapatilhas dela. Em um movimento ágil, ele se ajoelhou no chão.

– Deixe-me ajudá-la.

Hannah estendeu o pé, e ele a calçou com cuidado. Ela sentiu o roçar dos dedos dele em seu tornozelo, o fogo suave a percorria, de nervo a nervo, até tomá-la como se seu corpo inteiro estivesse aceso. Sua boca ficou seca. Ela olhou para a amplitude dos ombros dele, a maneira como caíam as pesadas mechas de seu cabelo, o formato de sua cabeça.

Ele apoiou o pé dela no chão e estendeu a mão para pegar o outro. Hannah ficou surpresa com a suavidade de seu toque. Ela não havia pensado que um homem forte daquele jeito pudesse ser tão gentil. Ele colocou o sapato no pé dela, percebeu que a borda superior do couro tinha dobrado na parte de trás e correu o polegar por dentro para endireitá-la.

Naquele momento, algumas pessoas entraram na sala. O som da conversa feminina parou abruptamente.

Era lady Westcliff, Hannah viu, consternada. O que deviam ter pensado da cena?

– Perdoe-nos – disse a condessa alegremente, olhando desconfiada para o irmão. – Estamos interrompendo algo?

– Não – respondeu Bowman, levantando-se. – Estávamos apenas brincando de Cinderela. Você trouxe o restante da decoração?

– Trouxemos tudo – veio outra voz, e lorde Westcliff e o Sr. Swift entraram na sala, carregando grandes cestos.

Hannah percebeu que estava no meio de uma reunião particular. Estavam ali também a outra irmã Bowman, a Sra. Swift, lady St. Vincent e Annabelle.

– Convoquei todos para ajudar a terminar a decoração –

disse Lillian com um sorriso. – É uma pena que o Sr. Hunt ainda não tenha chegado... ele dificilmente precisaria de uma escada.

– Sou quase tão alto quanto ele – protestou Bowman.

– Sim, mas você não aceita ordens tão bem quanto ele.

– Isso depende de quem dá as ordens – rebateu.

Hannah interrompeu desconfortavelmente:

– Eu devo ir. Com licença...

Mas, na pressa de ir embora, esqueceu que a escada em forma de A estava bem atrás dela. E, quando se virou, seu pé prendeu nela.

Em um reflexo rápido como um relâmpago, Bowman agarrou-a antes que pudesse cair e puxou-a contra seu peito. Hannah sentiu os fortes músculos dele se flexionarem sob a camisa.

– Se queria que eu a abraçasse – murmurou ele em voz baixa, provocando-a –, bastava ter pedido.

– Rafe Bowman – repreendeu-o com tom amável a Sra. Swift –, você está fazendo mulheres tropeçarem para chamar sua atenção?

– Quando meus esforços mais sutis falham, sim. – Ele soltou Hannah com cuidado. – Você não precisa sair, Srta. Appleton. Na verdade, seria muito bom contar com mais ajuda.

– Eu não deveria...

– Ah, fique! – disse Lillian entusiasmada.

Annabelle também pediu que ficasse, e teria sido grosseiro Hannah recusar.

– Obrigada, eu fico – disse ela com um sorriso tímido. – E, diferentemente do Sr. Bowman, aceito ordens muito bem.

– Perfeito – exclamou Daisy Swift, entregando a Hannah uma cesta de anjos de pano. – Porque, à exceção de nós duas, todo mundo aqui gosta de dar ordens.

Era a melhor tarde que Rafe passava em muito tempo. Talvez a melhor de todas. Mais duas escadas foram trazidas. Os homens prendiam velas nos galhos e penduravam ornamentos onde lhes pediam, enquanto as mulheres lhes entregavam os enfeites. Trocavam insultos amistosos e gargalhavam ao compartilharem lembranças de feriados passados.

Rafe subiu na escada mais alta e conseguiu pegar a peruca pendurada antes que alguém a visse. Ele olhou para Hannah, que estava de pé lá embaixo e discretamente jogou-a para ela, que a pegou e guardou-a bem no fundo de uma cesta.

– O que era aquilo? – perguntou Lillian.

– Um ninho de pássaro – respondeu Rafe com tranquilidade, ouvindo em seguida Hannah abafar uma risada.

Westcliff serviu um excelente vinho tinto e passou as taças, insistindo para Hannah pegar uma.

– Talvez eu devesse colocar um pouco de água – disse ela ao conde.

Westcliff parecia horrorizado.

– Diluir um Cossart Gordon 1828? Um sacrilégio! – Ele sorriu para ela. – Primeiro experimente como ele é, Srta. Appleton. E diga-me se não consegue notar os sabores do bordo, frutas e fogueira. Como disse o poeta romano Horácio certa vez: "O vinho traz à luz os segredos ocultos da alma."

Hannah sorriu para ele e tomou um gole do vinho. O sabor rico e apurado trouxe uma expressão de felicidade ao seu rosto.

– Delicioso – admitiu. – Mas é forte, e posso ter segredos na alma que devem permanecer ocultos.

– Uma taça não vai acabar com todas as suas virtudes,

o que eu lamento imensamente. Vá em frente e beba um pouco – murmurou Rafe para Hannah.

Ele sorriu ao vê-la corar. Em seguida pensou que era bom mesmo que Hannah não tivesse ideia de como ele queria provar o vinho dos lábios dela. E também era uma sorte Hannah parecer não ter ideia de quanto ele a desejava.

O que o intrigava era que ela não estava recorrendo a nenhum dos truques que as mulheres normalmente usavam... nada de olhares paqueradores, nem carícias discretas ou comentários sugestivos. Ela se vestia como uma freira de férias, e até o momento não fingira estar impressionada com ele.

Então ele não tinha a menor ideia de por que ela provocava nele todo aquele desejo. E não era um desejo comum, tinha um tempero diferente. Era um calor constante e implacável, forte como a luz do sol, e que o preenchia por inteiro. Quase o deixava zonzo.

Mais parecia uma doença, chegou a pensar.

À medida que bebiam o vinho e continuavam a decorar a árvore, o salão ecoava as risadas, principalmente quando Lillian e Daisy tentavam cantar alguma canção popular de Natal.

– Se esse som fosse produzido por dois pássaros cantantes – disse Rafe a suas irmãs –, eu atiraria logo neles para dar fim ao seu sofrimento.

– Bem, você canta como um elefante ferido – replicou Daisy.

– Ela está mentindo – disse Rafe a Hannah, que estava prendendo guirlandas logo abaixo dele.

– Você não canta mal? – perguntou ela.

– Eu não canto nada.

– Por que não?

– Se alguém não faz algo bem, não deve fazer essa coisa.

– Não concordo – protestou ela. – Às vezes o esforço deve ser feito mesmo que os resultados não sejam perfeitos.

Rafe desceu da escada sorrindo para pegar mais velas e parou para olhar diretamente em seus olhos verdes.

– Você acredita mesmo nisso?

– Sim.

– Eu a desafio, então.

– Você me desafia a quê?

– Cante alguma coisa.

– Agora? – Hannah deu uma risada desconcertada. – Sozinha?

Sabendo que os outros observavam a interação deles com interesse, Rafe assentiu. Ele se perguntava se ela aceitaria o desafio de cantar diante de um grupo de pessoas que mal conhecia. Achava que não.

Corada, Hannah protestou:

– Não posso fazer isso com você me olhando.

Rafe riu. Ele pegou o feixe de fios e velas que ela lhe estendia e obedientemente subiu na escada. Em seguida torceu um fio ao redor de uma vela e começou a prendê-lo a um ramo.

Suas mãos ficaram paralisadas quando ele ouviu uma voz doce e suave. Nada notável ou lírico. Apenas uma voz feminina agradável, encantadora, perfeita para canções de ninar ou de Natal.

Uma voz que se poderia ouvir por toda a vida.

"Feliz seja o seu Natal
Feliz seja o seu Natal
Feliz seja o seu Natal
E ano-novo também
Boas-novas trazemos a todos vocês
Feliz seja o seu Natal
E ano-novo também."

Rafe a ouvia, quase sem perceber as duas ou três velas se partindo em sua mão. Aquilo estava ficando ridículo, pensou ele. Se ela de alguma forma se mostrasse mais adorável, cativante ou agradável, algo iria se partir.

Provavelmente o seu coração.

Ele manteve o rosto calmo mesmo enquanto lutava com duas verdades paradoxais – ele não podia tê-la, e não podia deixar de tê-la. Concentrou-se em controlar a respiração, colocar os pensamentos em ordem, afastando aqueles sentimentos indesejados que não paravam de inundá-lo.

Ao terminar o verso, Hannah olhou para Rafe com um sorriso satisfeito, enquanto os outros a aplaudiam e elogiavam.

– Pronto, aceitei seu desafio, Sr. Bowman. Agora você me deve algo em troca.

Que sorriso Hannah tinha. Ele podia sentir faíscas de calor correndo pelo seu corpo. E precisou de todo seu autocontrole para não olhar para ela como um tolo apaixonado.

– Quer que eu cante alguma coisa? – perguntou ele educadamente.

– *Por favor*, não! – gritou Lillian, ao que Daisy acrescentou:

– Eu *imploro*, não peça isso a ele!

Rafe, então, desceu e foi ficar ao lado de Hannah.

– É só dizer – continuou ele. – Sempre pago minhas dívidas.

– Faça-o posar como uma estátua grega – sugeriu Annabelle.

– Exija que ele lhe faça um l-lindo elogio – sugeriu Evie.

– Humm... – Hannah o observava, reflexiva, e optou por uma penalidade popular em jogos de salão. – Ficarei com algo seu. Qualquer coisa que esteja carregando agora. Um lenço, ou uma moeda, talvez.

– Sua carteira – sugeriu Daisy entrando na brincadeira.

Rafe enfiou a mão no bolso da calça, onde um pequeno canivete e algumas moedas tilintaram. Lá havia também um outro objeto, uma minúscula figura de metal com menos de cinco centímetros de altura. Sem querer, ele a deixou cair na palma de Hannah.

Ela observou o objeto de perto.

Um soldado de brinquedo?

A maior parte da tinta havia descascado e apenas algumas manchas indicavam suas cores originais. O pequeno soldado de infantaria segurava uma espada. Hannah ergueu os olhos claros e verdes até os dele. De alguma forma, ela parecia entender que o pequeno soldado tinha algum significado secreto. Seus dedos se curvaram como para protegê-lo.

– É para dar sorte? – perguntou ela.

Rafe balançou levemente a cabeça, mal conseguindo respirar enquanto se sentia dividido entre uma sensação prazerosa de rendição e uma dor de arrependimento. Queria pegá-lo de volta. E queria deixá-lo lá para sempre, seguro com ela.

– Rafe – ouviu Lillian dizer com um tom estranho na voz. – Você ainda carrega isso? Após todos esses anos?

– É só um velho hábito. Não significa nada. – Afastando-se de Hannah, Rafe disse secamente: – Chega dessa tolice, vamos terminar a maldita árvore.

Quinze minutos depois, os enfeites estavam todos no lugar, e a árvore, esplêndida e magnífica.

– Imagine quando todas as velas estiverem acesas – exclamou Annabelle, afastando-se para vê-la. – Vai ser uma visão gloriosa.

– Sim – rebateu Westcliff secamente. – Isso sem mencionar o grande risco de incêndio em Hampshire.

– Você estava absolutamente certa ao escolher uma árvore tão grande – disse Annabelle a Lillian.

– Sim, eu acho... – Lillian parou por um instante ao ver alguém entrar na sala.

Uma pessoa muito alta, com aparência de pirata, que só podia ser Simon Hunt, o marido de Annabelle. Embora Hunt tivesse começado sua carreira trabalhando no açougue do pai, acabara se tornando um dos homens mais ricos da Inglaterra, dono de fundições de locomotivas e de grande parte das ferrovias locais. Ele era o amigo mais próximo de lorde Westcliff, um homem respeitável que apreciava boas bebidas, bons cavalos e esportes que exigiam grande esforço físico. Mas não era nenhum segredo que a maior paixão de Simon Hunt no mundo era Annabelle.

– ... acho que – continuou Lillian enquanto Hunt se aproximava em silêncio por trás de Annabelle – a árvore é perfeita. E acho que *alguém* calculou bem o momento de chegar, tão tarde que não precisará decorar nem um galho sequer.

– Quem? – perguntou Annabelle, tomando um leve susto quando Simon Hunt colocou suas mãos levemente sobre os olhos dela. Sorrindo, ele se inclinou para murmurar algo particular em seu ouvido.

O rosto de Annabelle ficou corado. Ao perceber quem estava atrás dela, estendeu a mão para puxar as dele até seus lábios, e beijou suas mãos, uma de cada vez. Sem dizer nada, ela se virou em seus braços, apoiando a cabeça contra o peito dele.

Hunt a abraçou.

– Ainda estou coberto de poeira da viagem – disse ele com voz rouca. – Mas não podia esperar nem mais um segundo para ver você.

Annabelle assentiu sem falar nada, fechando os braços em torno do pescoço dele. O momento foi tão espontaneamente terno e apaixonado que provocou um silêncio vagamente constrangedor pela sala.

Depois de beijar o topo da cabeça da esposa, Hunt ergueu os olhos com um sorriso e estendeu a mão para Westcliff.

– É bom estar aqui finalmente – disse ele. – Muita coisa para fazer em Londres... parti deixando uma montanha de tarefas inacabadas.

– Estávamos sentindo muito a sua falta – disse o conde, apertando firmemente a sua mão.

Ainda envolvendo Annabelle com um braço, Hunt cumprimentou cordialmente os outros presentes.

– St. Vincent ainda não chegou? – perguntou Hunt a Evie, e ela balançou a cabeça. – Alguma notícia sobre a saúde do duque?

– Receio q-que não.

Hunt parecia solidário.

– Tenho certeza de que St. Vincent estará aqui em breve.

– E você está entre amigos que a amam – acrescentou Lillian, passando o braço em volta dos ombros de Evie.

– E temos um v-vinho muito bom – disse Evie com um sorriso.

– Aceita uma taça, Hunt? – perguntou Westcliff, indicando a bandeja em uma mesa próxima.

– Obrigado, mas não – disse Hunt afavelmente, passando o braço de Annabelle pelo dele. – Se nos derem licença, tenho algumas coisas para conversar com minha esposa.

E, sem esperar resposta, arrastou Annabelle do salão de baile com uma pressa que não deixava dúvidas sobre o que aconteceria em seguida.

– Sim, tenho certeza de que vão conversar muito – comentou Rafe, encolhendo-se depois que Lillian cutucou-o forte com o cotovelo.

CAPÍTULO 10

Todas as salas da mansão estavam ocupadas depois do jantar. Alguns convidados jogavam cartas, outros se reuniam ao redor do piano da sala de música e cantavam. Mas o maior grupo sem dúvida estava na sala de estar para um jogo de adivinhações. Seus gritos e risadas ecoavam pelos corredores.

Hannah assistiu às adivinhações por um tempo, apreciando o empenho das equipes que faziam mímicas de palavras ou frases, enquanto outras tentavam adivinhar. Ela notou que Rafe Bowman e Natalie estavam sentados juntos, sorrindo e trocando piadas particulares. Eram um casal que combinava extraordinariamente bem, um tão moreno, a outra tão clara, os dois jovens e atraentes. Olhar para eles deixava Hannah mal-humorada.

Sentiu-se aliviada quando o relógio do canto marcou quinze para as oito. Deixando a sala discretamente, foi para o corredor. Era um alívio tão grande sair daquele cômodo lotado, e não ter mais de sorrir quando não sentia vontade, que soltou um enorme suspiro e se recostou contra a parede de olhos fechados.

– Srta. Appleton?

Os olhos de Hannah logo se abriram. Era Lillian, lady Westcliff, que a seguira até ali.

– Está meio cheio lá dentro, não é? – perguntou a condessa com simpatia.

Hannah assentiu.

– Não gosto de reuniões muito cheias.

– Nem eu – confidenciou Lillian. – Meu maior prazer é relaxar em pequenos grupos com meus amigos, ou, melhor ainda, ficar sozinha com meu marido e minha filha. Você está indo à biblioteca ler para as crianças, não é?

– Sim, milady.

– É muito gentil da sua parte. Ouvi falar que as crianças gostaram muito da sua leitura na noite passada. Posso ir com você até a biblioteca?

– Sim, milady, eu adoraria.

Lillian a surpreendeu entrelaçando os braços com o dela, como se fossem irmãs ou amigas íntimas. E seguiram lentamente pelo corredor.

– Srta. Appleton, eu... ah, deixemos disso, odeio essas formalidades. Podemos usar o primeiro nome?

– Eu me sentiria honrada se me chamasse pelo primeiro nome, minha senhora. Mas não posso fazer o mesmo. Não seria apropriado.

Lillian lançou-lhe um olhar pesaroso.

– Tudo bem, então. Hannah. Eu queria falar com você a noite toda... há algo muito particular sobre o qual quero conversar com você, mas que não deve sair daqui. E eu provavelmente não devia dizer nada, mas preciso. Ou não conseguiria dormir esta noite.

Hannah estava atônita. Além de extremamente curiosa.

– O quê, minha senhora?

– A prenda que você pediu ao meu irmão hoje...

Hannah empalideceu um pouco.

– Foi errado? Sinto muito. Eu nunca teria...

– Não, não é isso. Você não fez nada de errado. Foi o que meu irmão lhe deu que achei tão... bem, surpreendente.

– O soldado de brinquedo? – sussurrou Hannah. – Por que isso a surpreendeu?

Ela não achara assim tão incomum. Muitos homens carregavam pequenos objetos, como mechas de cabelo de entes queridos, amuletos ou talismãs da sorte, como uma moeda ou medalha.

– Esse soldado veio de um conjunto que Rafe tinha quando era criança. Agora que conheceu meu pai, não ficará surpresa em saber que ele era muito rigoroso com os filhos. Pelo menos quando ele estava por perto, o que, graças a Deus, não era frequente. Mas meu pai sempre teve expectativas muito pouco razoáveis com relação aos meus irmãos, sobretudo quanto ao Rafe, que é o mais velho. Papai queria que ele tivesse sucesso em tudo, então o castigava severamente sempre que ele ficava em segundo lugar em qualquer coisa. Mas, ao mesmo tempo, meu pai não queria ser ofuscado, então ele aproveitava todas as oportunidades que tinha para envergonhar ou humilhar o meu irmão quando Rafe de fato era o melhor.

– Ah – disse Hannah baixinho, solidária ao menino que Rafe fora um dia. – Sua mãe não fazia nada para intervir?

Lillian deixou escapar um som de deboche.

– Ela sempre foi uma criatura tola, que se importa mais com festas e status social do que com qualquer outra coisa. Tenho certeza de que ela pensava muito mais em seus vestidos e joias do que em qualquer um dos filhos. Então, o que quer que meu pai decidisse, mamãe estava mais do que disposta a apoiar, desde que ele continuasse pagando as contas.

Depois de uma pausa, o desprezo desapareceu do tom de Lillian, sendo substituído por certa tristeza.

– Nós raramente víamos Rafe. Como meu pai queria que ele fosse um garoto sério e estudioso, nunca podia brincar com as outras crianças. Ele estava sempre com os professores, estudando ou aprendendo esportes e treinando equitação... Nunca tinha um instante sequer de liberdade. Uma das poucas formas de escape de Rafe era o seu conjunto de pequenos soldados... montava batalhas e combates com eles e, enquanto estudava, alinhava-os em sua mesa para que lhe fizessem companhia. – Um sorriso fraco se abriu em seus lábios. – E Rafe vagava à noite. Às vezes eu o ouvia andar furtivamente pelo corredor e sabia que estava indo lá embaixo ou lá fora, só para ter a chance de respirar um pouco.

A condessa parou quando se aproximaram da biblioteca.

– Vamos parar aqui por um momento... ainda não são oito horas, e tenho certeza de que as crianças ainda estão se reunindo.

Hannah assentiu sem dizer nada.

– Uma noite – prosseguiu Lillian –, Daisy estava doente, e eles a deixaram no quarto das crianças. Eu tive de dormir em outro quarto, pois receavam que a febre fosse sintoma de alguma doença contagiosa. Eu estava preocupada com a minha irmã e acordei no meio da noite, chorando. Rafe me ouviu e veio perguntar o que havia acontecido. Eu lhe contei como estava preocupada com Daisy, e também assustada com um terrível pesadelo que tivera. Então Rafe foi até o quarto dele e voltou com um dos seus soldados. Um soldado de infantaria. Ele o colocou na mesa ao lado da minha cama e me disse: "Este é o mais corajoso e forte de todos os meus homens. Ele vai montar guarda aqui, vigiá-la esta noite e afastar todas as suas preocupações e pesadelos. – Um sorriso tomou espontaneamente o seu rosto com a lembrança. – E funcionou.

– Que lindo – disse Hannah suavemente. – Então esse é o significado do soldado?

– Bem, não inteiramente. Veja... – Lillian respirou fundo, como se achasse difícil continuar. – No dia seguinte, o professor disse ao meu pai que achava que os soldados de brinquedo estavam distraindo Rafe de seus estudos. Portanto, meu pai se livrou de todos eles. Em definitivo. Rafe nunca derramou uma lágrima... mas vi algo terrível em seus olhos, como se algo tivesse sido destruído nele. Então peguei o soldado de infantaria da minha mesa de cabeceira e lhe dei. O único soldado que restou. E eu acho...

– ela engoliu em seco, e lágrimas brilharam em seus olhos castanhos – acho que ele o carregou por todos esses anos como se fosse um fragmento de seu coração que queria manter seguro.

Hannah não notou suas lágrimas até sentir que deslizavam pelo seu rosto. Ela as limpou apressadamente, secando-as com a manga da sua roupa. Ela pigarreou; sua garganta doía. Quando falou, sua voz estava rouca.

– E por que ele entregou o soldado para *mim*?

A condessa parecia estranhamente aliviada ao vê-la demonstrar sua emoção.

– Não sei, Hannah, cabe a você descobrir o que significa. Mas posso lhe dizer uma coisa: com certeza não foi por acaso.

~

Depois de se recompor, Hannah entrou na biblioteca ainda um pouco atordoada. As crianças estavam todas lá, sentadas no chão, comendo biscoitos doces e tomando leite morno. Hannah sorriu quando notou que havia mais crianças aglomeradas sob a mesa da biblioteca como se fosse um forte.

Sentou-se, então, na cadeira grande e cerimoniosamente abriu o livro, mas, antes que pudesse ler uma palavra, um prato de biscoitos foi colocado em seu colo, uma xícara de leite lhe foi oferecida, e uma das meninas colocou uma coroa de papel prateada em sua cabeça. Depois de comer um biscoito e permitir um minuto ou dois de agitação, Hannah acalmou as crianças risonhas e começou a ler.

"Sou o Espírito do Natal Presente", disse o Espírito. "Olhe para mim."

Enquanto Scrooge seguia em suas viagens com o segundo Espírito, e eles visitavam a casa humilde mas feliz dos Cratchits, Hannah notou a forma esguia de Rafe Bowman entrando na sala. Ele foi para um canto em meio às sombras e se apoiou lá, observando e escutando. Hannah parou por um momento e olhou para ele. Sentiu um aperto angustiado no coração, uma onda de desejo ardente, e sentiu vergonha por estar sentada ali usando uma coroa de papel. Ela nem imaginava por que Bowman teria ido até ali sem Natalie para ouvir a continuação da história. Tampouco sabia por que o simples fato de estar na mesma sala que ele era suficiente para seu coração começar a bater como um tear mecânico.

Certamente aqueles sentimentos estavam ligados ao fato de ela ter compreendido que ele não era o farrista mimado e insensível que ela imaginara. Ao menos não inteiramente.

E se isso fosse mesmo verdade... ela teria algum direito de se opor ao seu casamento com Natalie?

~

Durante os dois dias seguintes, Hannah procurou uma oportunidade de devolver o soldado de brinquedo a Rafe Bowman, mas, com a mansão tão cheia e o Natal chegando, era difícil ter privacidade. Parecia que a corte de Bowman a Natalie transcorria tranquilamente: eles dançavam juntos, caminhavam, e ele virava as páginas da partitura quando Natalie tocava piano. Hannah tentava ser discreta, mantendo distância sempre que possível, ficando quieta quando precisava acompanhá-los.

Parecia que Bowman estava fazendo um grande esforço para se conter perto de Hannah, não precisamente ignorando-a, mas não lhe dando nenhuma atenção especial.

Seu interesse inicial por ela havia desaparecido, o que certamente não era uma surpresa. Bowman tinha a beleza radiante de Natalie bem diante dele, e a certeza de poder e riqueza caso se casasse com ela.

– Eu gosto dele – confessou Natalie, com os olhos azuis brilhando de excitação. – É muito inteligente e divertido, e dança divinamente. Acho que nunca conheci um homem que beijasse nem de longe tão bem.

– O Sr. Bowman beijou você? – perguntou Hannah, lutando para manter o tom tranquilo.

– Sim. – Natalie sorriu de forma travessa. – Praticamente tive de encurralá-lo no pátio externo; ele riu e me beijou sob as estrelas. Não há dúvida de que ele vai me pedir em casamento. Eu me pergunto quando e como ele vai fazer isso. Espero que seja à noite. Adoro receber pedidos de casamento ao luar.

~

Hannah ajudou Natalie a colocar um vestido de inverno de lã azul-clara, com saias pesadas e plissadas, e manto com capuz com pelo branco na borda combinando. Os convidados estavam saindo para um grande passeio de trenó à tarde, viajando através da neve recém-caída até uma propriedade em Winchester para jantar e patinar.

– Se o tempo continuar bom – exclamou Natalie –, vamos voltar para casa sob as estrelas... você pode imaginar algo mais romântico, Hannah? Tem certeza de que não quer vir?

– Certeza absoluta. Quero me sentar junto à lareira e ler a carta que recebi do Sr. Clark. – A carta fora entregue naquela manhã, e Hannah estava ansiosa para lê-la com alguma privacidade. Além disso, a última coisa que queria ver era Natalie e Rafe Bowman se aconchegando juntos sob um cobertor em um longo passeio de trenó no frio.

– Queria que você fosse ao passeio de trenó – insistiu Natalie. – Não só você se divertiria, como também poderia me fazer o favor de distrair lorde Travers. Parece que toda vez que estou com o Sr. Bowman, Travers tenta se intrometer. É muito irritante.

– Pensei que você gostasse de lorde Travers.

– Gosto. Mas ele é tão fechado! Isso me deixa louca.

– Talvez se você o encurralasse, como fez com o Sr. Bowman...

– Já tentei isso, mas Travers não faz nada. Ele disse que me *respeita*.

Então, franzindo a testa, Natalie foi se juntar a seus pais e ao Sr. Bowman para o passeio.

Depois que os trenós partiram, com os cascos dos cavalos compactando a neve e o gelo, sinos tilintando nas rédeas, a mansão e os terrenos ficaram tranquilos. Hannah caminhou devagar pela mansão, desfrutando da serenidade dos corredores vazios. Os únicos sons vinham das distantes e abafadas conversas dos criados. Sem dúvida, eles também estavam felizes com a ausência da multidão de convidados pelo resto do dia e da noite.

Hannah chegou à biblioteca, que estava vazia e convidativa, com um ar sugestivo que exalava os aromas dos livros. O fogo na lareira projetava um brilho quente no ambiente.

Sentou-se na cadeira ao lado do fogo, tirou os sapatos e dobrou um pé por baixo de si. Então pegou a carta de Samuel Clark do bolso, rompeu o selo e sorriu ao ver sua caligrafia familiar.

Era fácil imaginar Clark escrevendo aquela carta, o rosto tranquilo e pensativo, o cabelo claro um pouco bagunçado enquanto se curvava sobre a escrivaninha. Ele perguntava pela sua saúde e pelos Blandfords, e desejava-lhe um feliz feriado. Então passava a descrever seu mais recente interesse sobre transmissão hereditária das características adquiridas como descritas pelo biólogo francês Lamarck, e como isso se interligava com as próprias teorias de Clark de como a informação sensorial repetida pode ser armazenada no tecido cerebral, contribuindo assim para a futura adaptação das espécies. Como de costume, Hannah só tinha entendido metade... Ele teria de lhe explicar aquilo mais tarde de uma forma que ela pudesse compreender mais facilmente.

Como você vê, preciso da sua boa e sensata companhia. Se você estivesse aqui para ouvir meus pensamentos enquanto os explico, eu conseguiria estruturá-los com mais precisão. É só em momentos assim, na sua ausência, que percebo que nada está completo sem você, minha querida Srta. Appleton. Tudo parece errado.

A minha maior esperança é que, quando você voltar, possamos resolver nossas questões mais pessoais. Durante o curso do nosso trabalho, você pôde conhecer meu caráter e meu temperamento. Talvez a essa altura meus escassos encantos tenham exercido alguma impressão em você. Tenho poucos encantos, eu sei. Mas você tem tantos, minha querida, que acho que os seus compensarão a falta dos meus. Espero do fundo do coração que você possa me dar a honra de se tornar minha parceira, companheira e esposa...

Havia mais, mas Hannah dobrou a carta e ficou olhando cegamente para o fogo.

A resposta seria sim, é claro.

Era isso o que você queria, disse a si mesma. Uma oferta honrosa de um homem bom e decente. A vida seria interessante e gratificante. Sua vida seria melhor como esposa de um homem tão brilhante, tendo a oportunidade de conhecer as pessoas dos círculos cultos dos quais ele fazia parte.

Por que, então, sentia-se tão infeliz?

– Por que você está com essa cara séria?

Hannah levou um susto ao ouvir uma voz vindo da entrada da biblioteca. Seus olhos se arregalaram ao verem Rafe Bowman, ali de pé com sua postura desleixada de sempre, com uma das pernas ligeiramente dobrada ao se apoiar contra o batente da porta. Ele estava perturbadoramente pouco vestido, o colete desabotoado, a camisa sem colarinho aberta no pescoço, nenhuma gravata aparente. De alguma forma, o desalinho só o deixava mais bonito, enfatizando a vitalidade masculina que ela achava tão inquietante.

– Eu... eu... por que você está andando por aí vestido de modo inapropriado? – conseguiu perguntar Hannah.

Ele ergueu um dos ombros de um jeito preguiçoso.

– Não há ninguém aqui.

– *Eu* estou aqui.

– Por que você não foi ao passeio de trenó?

– Eu queria um pouco de paz e privacidade. Por que *você* não foi ao passeio de trenó? Natalie ficará desapontada... ela estava esperando...

– Sim, eu sei – disse Bowman sem um pingo de remorso. – Mas estou cansado de ser observado como um inseto sob uma lupa. E, ainda mais importante, eu tinha alguns assuntos de negócios para discutir com meu cunhado, que também ficou para trás.

– O Sr. Swift?

– Sim. Analisamos contratos com uma empresa britânica de produtos químicos pesados para fornecimento de ácido sulfúrico e soda cáustica, e depois passamos ao fascinante tema da produção de óleo de palma. – Ele entrou na sala com as mãos casualmente enfiadas nos bolsos. – Concordamos que em algum momento precisaremos cultivar nossa própria fonte, estabelecendo uma plantação de palmeiras. – Ele ergueu as sobrancelhas. – Quer ir ao Congo comigo?

Ela olhou diretamente em seus olhos cintilantes.

– Eu não iria com você nem até o fim da pista de carruagem, Sr. Bowman.

Ele riu baixinho, examinando-a enquanto ela se levantava para encará-lo.

– Você não respondeu minha pergunta anterior, por que você estava com aquela cara séria?

– Ah, não é nada. – Hannah mexeu agitada no bolso de suas saias. – Sr. Bowman, eu queria lhe devolver isso. – Então tirou de lá o pequeno soldado de brinquedo e estendeu a mão. – Você deve ficar com ele. Eu acho... – Ela hesitou. – ... já passaram por muitas batalhas juntos, você e ele.

Ela não podia deixar de olhar para o pescoço dele, onde a pele parecia macia e dourada. Um pouco mais abaixo, havia uma sombra de pelos onde sua camisa se abria. Hannah sentiu uma agitação quente e desconhecida no estômago. Procurou, então, erguer o olhar, fixando-se em seus olhos escuros e vívidos.

– Se eu pegá-lo de volta – perguntou ele –, ainda lhe devo uma prenda?

Ela sentiu um sorriso querendo se abrir.

– Não tenho certeza, vou ter de pensar nisso.

Bowman estendeu o braço, mas, em vez de pegar o soldado, fechou a mão sobre a dela, prendendo o metal frio entre as palmas dos dois. Então moveu o polegar em uma carícia delicada pelas costas da mão dela. O toque fez com que ela desse um suspiro repentino. Os dedos de Bowman deslizaram para cima para se fechar em torno do pulso dela, puxando-a para junto dele. Ele baixou o olhar para a carta ainda presa nos dedos de Hannah.

– O que é isso? – perguntou ele, calmo. – O que está preocupando você? Problemas em casa?

Hannah balançou bruscamente a cabeça e forçou um sorriso.

– Ah, nada me preocupa. Recebi uma notícia muito boa. Estou... estou feliz!

Ele lançou um olhar irônico, oblíquo.

– Entendo.

– O Sr. Clark quer se casar comigo – disparou ela.

Por alguma razão, dizer as palavras em voz alta a fez ser invadida por uma onda fria de pânico.

Ele estreitou os olhos.

– Clark pediu você em casamento por carta? Ele não poderia ter se dado ao trabalho de vir aqui pedir pessoalmente?

Embora fosse uma pergunta bastante razoável, Hannah colocou-se na defensiva.

– Acho muito romântico, é uma carta de amor.

– Posso ver?

Ela revirou os olhos.

– O que o faz pensar que eu lhe mostraria algo tão pessoal, e...

Hannah deixou escapar um gemido de angústia quando ele tomou a carta de seus dedos frágeis. Mas ela não tentou pegá-la de volta.

O rosto de Bowman permaneceu inexpressivo enquanto examinava as linhas cuidadosamente escritas.

– Isso não é uma carta de amor – murmurou ele, atirando-a desdenhosamente no chão. – É um maldito relatório científico.

– Como ousa!

Hannah abaixou-se para pegar a carta, mas ele não a

deixou. O soldado de brinquedo também caiu, quicando no tapete macio quando Bowman agarrou-a pelos cotovelos.

– Você não está de fato pensando em aceitar essa imitação fria e lamentável de pedido de casamento?

– Claro que estou. – A raiva dela explodiu sem aviso, alimentada por algum desejo profundo e traiçoeiro. – Ele é tudo que você não é: é honrado, gentil e cavalheiro...

– Ele não ama você e nunca amará.

Aquilo doeu. Na verdade, a dor cresceu continuamente até Hannah mal conseguir respirar. Ela se contorceu, irritada, nos braços dele.

– Você acha que, porque sou uma garota comum e pobre, alguém como o Sr. Clark não poderia me amar, mas está errado. Ele vê além...

– Comum? Enlouqueceu? Você é a garota mais adorável que já conheci, e, se eu fosse Clark, teria feito muito mais do que acariciar seu crânio a essa altura...

– Não deboche de mim!

– ... eu teria seduzido você dez vezes mais. – Ele deliberadamente pisou na carta. – Não minta para mim, nem para si mesma. Você não está feliz, você não o quer. Só está se acomodando com isso porque não quer correr o risco de ficar solteirona.

– Essa é uma boa acusação vinda de você, seu hipócrita!

– Não sou hipócrita, tenho sido honesto com todos, inclusive com Natalie. Não estou fingindo estar apaixonado. Não finjo querê-la da maneira como quero você.

Hannah congelou, olhando para ele espantada e em silêncio. Como ele podia admitir uma coisa dessas...

Ela percebeu que estava respirando depressa demais, e ele também. Os dedos de Hannah se curvaram sobre as mangas dele, contra seus antebraços musculosos. Ela não tinha certeza se o segurava daquele jeito para mantê-lo junto dela ou para afastá-lo.

– Diga que está apaixonada por ele – exigiu Bowman.

Hannah não podia falar.

Então ele continuou insistindo.

– Então diga que o deseja. Pelo menos isso você deve sentir por ele.

Um tremor percorreu o corpo dela, espalhando-se até a ponta dos dedos das mãos e dos pés. Ela respirou fundo e conseguiu responder com voz fraca.

– Eu não sei.

O rosto dele mudou, um sorriso estranho surgiu em seus lábios, o olhar quente e determinado.

– Você não sabe como dizer se deseja um homem, querida? Posso ajudá-la com isso.

– Desse tipo de ajuda – disse Hannah com aspereza – eu não preciso.

Ela se enrijeceu quando ele a puxou mais para perto, suas mãos grandes deslizando dos cotovelos dela para se enganchar sob os braços. A pulsação dela tinha disparado, o calor tomava todo o seu corpo.

Ele se inclinou para beijá-la. Ela tentou sem firmeza se afastar, fazendo a boca de Bowman tocar seu rosto em vez dos lábios. Ele não pareceu se importar. Estava disposto a beijar qualquer parte dela que pudesse alcançar, bochechas, queixo, mandíbula, orelha. Hannah ficou imóvel, ofegante enquanto os beijos percorriam seu rosto quente. Fechou os olhos quando sentiu os lábios dele chegarem aos dela. Mais um roçar suave, e outro, e ele finalmente beijou-a com vontade.

Sentiu o gosto dela com a língua e o desejo apagou qualquer pensamento ou vislumbre de razão. Ele passou um braço em volta dela, então virou a cabeça e a beijou com mais intensidade. Uma de suas mãos segurou o queixo de Hannah, e inclinou o rosto dela. As carícias febris de sua boca a provocaram até que ela cedeu a todo aquele calor.

O tremor piorava, o prazer insidioso desmanchando-se dentro dela como açúcar fervente. Ele tentava acalmá-la, mas as partes sensíveis do corpo de Hannah começaram a latejar por baixo das roupas, todas as rendas, as costuras e o espartilho apertando-a e grudando nela com uma firmeza enlouquecedora. Ela se remexeu um pouco, irritada com as restrições de movimento causadas pelas suas vestes. Ele pareceu entender. Seus lábios deixaram os dela, o hálito quente na curva de sua orelha enquanto os dedos se dirigiam para o corpete. Ela ouviu seu próprio gemido de alívio quando sentiu que ele desabotoava sua gola, e os murmúrios tranquilizadores de que ele cuidaria dela, que nunca a machucaria, que ela deveria relaxar e confiar nele, relaxar... tudo isso enquanto a mão dele se movia furtivamente pela frente da roupa dela, puxando-a e desatando todos aqueles tecidos.

Ele a beijou de novo, uma carícia suave e ardente que fez seus joelhos cederem por completo. Mas o lento colapso não parecia importar, ele a segurava com força, baixando-a até o chão acarpetado. Hannah se viu esparramada enquanto ele se ajoelhava entre as abundantes pregas do vestido dela. Suas roupas haviam caído espalhadas em uma confusão desconcertante, botões abertos e saias levantadas. Ela, zonza, fez uma tentativa de recuperar alguma coisa, cobrir alguma coisa, mas a forma como ele a beijava tornava impossível pensar. Então Bowman delicadamente a deitou por baixo dele, seu braço apoiando com firmeza o pescoço dela. Hannah relaxou indefesa enquanto aquela boca pecaminosa tomava a dela sem parar, deleitando-se com o gosto dela.

– A pele mais doce... – sussurrou ele, beijando o seu

pescoço, abrindo o corpete. – Deixe-me ver você, Hannah, querida...

Ele puxou a parte de cima da roupa dela, expondo os seios pálidos, altos e firmes por conta do espartilho. Foi então que Hannah compreendeu que estava no chão com ele, e ele descobria partes dela que nenhum homem jamais vira.

– Espere... eu não deveria... você não deveria...

Mas seu protesto foi silenciado quando ele se abaixou sobre as curvas aveludadas de seu colo, com os lábios se fechando sobre um mamilo endurecido pelo frio. Ela soltou um gemido baixo enquanto a língua dele a percorria em cruas e suaves carícias.

– Rafe – gemeu ela ao dizer pela primeira vez o seu nome.

Deixando escapar uma respiração trêmula, ele envolveu em suas mãos os seios dela.

A voz dele soava grave e rouca.

– Quis fazer isso desde a primeira vez que a vi. Ficava vendo você ali, sentada, com aquela pequena xícara de chá na mão, e não parava de imaginar qual era seu gosto aqui... e aqui... – Ele sugou um seio dela de cada vez, suas mãos deslizando pelo corpo dela, que se contorcia.

– Rafe – disse ela, ofegante. – Por favor, eu não posso...

– Não tem ninguém aqui – sussurrou ele contra a sua pele arrepiada. – Ninguém vai saber. Hannah, meu amor... deixe-me tocar você. Deixe-me mostrar como é querer alguém tanto quanto quero você...

E ele esperou sua resposta, com uma das mãos quentes cobrindo-lhe o seio. Ela parecia não conseguir ficar completamente imóvel, os joelhos flexionados, os quadris se erguendo em resposta a uma vibração profunda e involuntária. Ela estava tomada por doçura, vergonha e desejo. Nunca o teria, sabia disso. A vida dele seguia um caminho muito diferente da sua. Ele era proibido. Talvez essa fosse a razão para aquela atração totalmente imprudente.

Antes que percebesse, Hannah estendeu a mão e guiou a cabeça dele em direção à dela. Ele respondeu imediatamente, tomando sua boca em um beijo violento e arrebatador. Suas mãos deslizaram sob as roupas dela, encontrando sua pele pálida e macia, acariciando-a de maneiras que a faziam estremecer. Hannah deixou escapar um grito abafado quando o sentiu puxar as fitas da sua roupa de baixo. Bowman tocou sua barriga retesada, a ponta de um dos dedos rodeando seu umbigo. A mão dele deslizou pelas curvas suaves dela, envolveu seu sexo e delicadamente abriu suas coxas. Então ela sentiu que ele a tocava, acariciava, abria gentilmente, com um toque cuidadoso e experiente, como se estivesse desenhando em uma janela congelada. Exceto que a superfície sob a ponta dos dedos dele não era vidro gelado, mas pele quente e macia, ardendo com todas aquelas sensações.

Ela viu de relance um borrão de seu rosto moreno, a expressão cheia de desejo. Ele brincava com ela, parecendo saborear toda a sua agitação, mas estava também vermelho e febril. Ela agarrou-o, os quadris arqueados, os lábios entreabertos em um apelo sem palavras. Ele deslizou um dos dedos para dentro dela, e ela se contorceu com o choque.

Bowman recuou o toque, com a ponta úmida do dedo traçando círculos cuidadosos e persistentes ao redor do pico ansioso do sexo dela. Ele afastou ainda mais as pernas dela e beijou os bicos dos seios. Seu sussurro ardeu contra a pele dela:

– Se eu quisesse tomá-la agora, Hannah, você deixaria, não é? Deixaria que eu entrasse em você, preenchesse você... se eu pedisse para me deixar penetrá-la e acalmá-la... o que você diria, querida? – Então começou uma massagem leve e torturante. – Diga – murmurou ele. – Diga...

– Sim. – Ela agarrou-o cegamente, com a respiração muito ofegante. – Sim.

Rafe sorriu, com o olhar ardente.

– Então eis aqui a minha prenda, querida.

Ele acariciou-a em um ritmo rápido e habilidoso, cobrindo sua boca com a dele para abafar seus gritos. Ele sabia exatamente o que estava fazendo, tinha os dedos seguros e cheios de malícia.

Parecia que ela poderia morrer com aquela liberação explosiva. Ela tentou se conter contra aquilo, mesmo quando o prazer começou a invadi-la, ganhando força até sentir-se impotente, consumida e despedaçada.

Lentamente ele a deitou, beijando e acariciando seu corpo que se contorcia. Seu dedo deslizou para dentro dela mais uma vez, desta vez escorregando facilmente na umidade. A sensação de seus músculos íntimos prendendo-o tão firmemente parecia causar dor a ele. Hannah se ergueu instintivamente para tomá-lo, e ele gemeu e retirou o dedo, deixando as partes íntimas dela, inchadas, se contorcerem no vazio.

O rosto de Rafe estava sério e coberto de suor quando tirou as mãos dela. Ele a encarava com avidez visível, estreitando os olhos, o peito arfando. As mãos dele tremiam enquanto procurava os fechos superiores do espartilho dela, os botões de seu vestido, as roupas de baixo bagunçadas. Mas, quando um de seus dedos roçou contra a pele quente dela, ele retirou as mãos abruptamente e se levantou.

– Não posso – disse ele com voz rouca.

– Não pode o quê? – sussurrou ela.

– Não posso ajudar com suas roupas. – A respiração instável. – Se eu tocá-la de novo... não vou parar até você estar nua.

Olhando zonza para ele, Hannah compreendeu que a

liberação e o alívio tinham sido unilaterais. Ele estava perigosamente excitado, no limite de seu autocontrole. Ela puxou a roupa sobre os seios nus.

Rafe balançou a cabeça, ainda olhando para ela. Sua boca era um rasgo severo.

– Se você quer que Clark faça com você as coisas que acabei de fazer – disse ele –, então vá em frente e se case com ele.

E ele a deixou na biblioteca, como se, caso ficasse ali por mais um instante, aquilo fosse resultar em um desastre para os dois.

CAPÍTULO 11

Na opinião de Evie, o passeio de trenó tinha sido agradável, mas longo demais. Estava cansada, os ouvidos ainda zumbindo de todo o barulho e dos cânticos natalinos. Evie rira e se divertira com o grupo, permanecendo ao lado de Daisy, já que seu marido ficara na mansão para discutir assuntos de negócios com Rafe Bowman.

– Ah, não me importo – disse Daisy alegremente, quando Evie perguntou se estava desapontada por Swift não acompanhá-los. – É melhor deixar Matthew se livrar de suas preocupações com os negócios primeiro, e então ele estará livre para me dar toda a sua atenção mais tarde.

– Ele t-trabalha até muito tarde? – perguntou Evie com um toque de preocupação, sabendo que a empresa de Bowman em Bristol era um enorme projeto e envolvia grandes responsabilidades.

– Às vezes ele precisa – respondeu Daisy. – Mas há outras ocasiões em que ele fica em casa e passamos o dia juntos. – Um sorriso tinha cruzado seu rosto. – Adoro estar casada com ele, Evie. Embora ainda seja tudo tão novo... Às vezes fico surpresa ao acordar e encontrar Matthew ao meu lado. – Então se inclinou para mais perto e sussurrou: – Tenho de lhe contar um segredo, Evie: um dia me queixei de já ter lido todos os livros da casa, e de que não havia nada de novo na livraria, e Matthew me desafiou a tentar escrever um livro eu mesma. Então comecei. Já tenho cem páginas escritas.

Evie sorriu de alegria.

– Daisy – murmurou –, você vai ser uma romancista f--famosa?

Daisy deu de ombros.

– Não me importa se será publicado ou não. Estou gostando de escrevê-lo.

– É uma história respeitável ou imprópria?

Os olhos castanhos de Daisy moveram-se com malícia.

– Evie, por que você ainda pergunta? É *claro* que é imprópria.

Agora, de volta ao conforto de seu quarto na mansão Stony Cross, Evie se banhou em uma pequena banheira portátil junto à lareira, suspirando de alívio ao sentir a água quente contra seus membros rígidos e doloridos. Passeios de trenó, pensou ela, eram uma daquelas atividades sempre melhores na teoria. Os assentos do trenó eram duros e desconfortáveis, e seus pés tinham ficado gelados.

Ouviu uma batida na porta e o som de alguém entrando no quarto. Como estava protegida por um biombo de tecido, Evie se inclinou para trás e espiou pelo lado da moldura de madeira.

Uma criada segurava uma lata de metal com panos presos nas alças, de onde pingava água.

– Mais água quente, milady? – perguntou ela.

– S-sim, por favor.

Com cuidado, a empregada derramou a água fumegante no canto da banheira, perto dos pés de Evie, que se afundou ainda mais no banho.

– Ah, muito obrigada.

– Devo voltar com uma caçarola quente para esquentar a cama, milady? – A caçarola de cabo comprido era preenchida com carvão em brasa e passada entre os lençóis logo antes de as pessoas irem se deitar.

Evie assentiu.

A criada saiu e Evie ficou na banheira até o calor começar a se dissipar. Então, relutantemente saiu e se secou. A ideia de ir para a cama sozinha – de novo – a enchia de tristeza. Ela estava tentando não se consumir de saudade de St. Vincent. Mas acordava todas as manhãs procurando por ele, com o braço esticado pelo espaço vazio ao seu lado.

St. Vincent era o oposto de tudo que Evie era... elegante, extraordinariamente articulado e tranquilo... e tão cheio de malícia que todos imaginaram que seria um marido terrível.

Ninguém além de Evie sabia quanto ele era terno e fiel na intimidade. É claro que seus amigos, como Westcliff e o Sr. Hunt, tinham conhecimento de que St. Vincent se recuperara de seus antigos hábitos. E ele fazia um excelente trabalho gerenciando o clube de jogos que ela herdara do pai, reconstruindo um império que estava prestes a ruir e, ao mesmo tempo, diminuindo as responsabilidades assumidas por ele.

Mas ele ainda era um canalha, pensou ela com um sorriso secreto.

Ao sair da banheira, já seca, vestiu um roupão de veludo. Ouviu a porta se abrir novamente.

– Voltou para a-aquecer a cama? – perguntou ela.

Mas a voz que respondeu não era da criada.

– Na verdade... sim.

Evie congelou ao ouvir aquela voz grave e macia.

– Passei pela criada na escada e disse que não precisaríamos mais dela esta noite – continuou ele. – Se há uma coisa que eu faço bem – disse a ela –, é aquecer a cama da minha esposa.

A esta altura, Evie já tentava afastar o biombo, quase derrubando-o.

St. Vincent a alcançou em alguns passos graciosos, envolvendo-a em seus braços.

– Calma, amor. Não é preciso pressa. Acredite em mim, não vou a lugar algum.

Eles ficaram juntos por um longo e silencioso tempo, abraçando-se firmemente.

Por fim, St. Vincent inclinou a cabeça de Evie para trás e olhou para ela. Ele tinha pele morena e cabelo dourado, os olhos azuis brilhavam como pedras preciosas no rosto de um anjo caído. Era um homem alto e esguio, sempre elegantemente vestido e arrumado. Mas ele não vinha dormindo bem, ela notava. Havia leves sombras sob seus olhos e sinais de cansaço em seu rosto. Esses toques de vulnerabilidade humana, no entanto, só serviam para torná-lo ainda mais bonito, suavizando o que de outra forma poderia parecer um distanciamento resplandecente e divino.

– Seu p-pai – começou ela, olhando para ele, preocupada. – Ele...

St. Vincent lançou um olhar exasperado para o céu.

– Ele vai ficar bem. Os médicos não conseguem achar nada de errado com ele, além de indigestão provocada pela comida pesada e pelo vinho. Quando fui embora, ele estava olhando com malícia para as empregadas e beliscando-as, e recebendo muitos parentes solícitos que querem se aproveitar dele no Natal. – Suas mãos se moveram suavemente sobre as costas dela cobertas de veludo. Sua voz era muito suave. – Você foi uma boa menina na minha ausência?

– Sim, claro – disse ela sem fôlego.

St. Vincent lançou-lhe, então, um olhar reprovador e beijou-a com uma gentileza sedutora que fez seu coração disparar.

– Teremos de remediar isso imediatamente. Recuso-me a tolerar um comportamento adequado de minha esposa.

Ela tocou seu rosto, sorrindo quando ele a beliscou com as pontas de seus dedos ansiosos.

– Senti sua falta, Sebastian.

– Foi, amor? – Ele desabotoou o roupão dela, com os olhos claros ardendo de paixão ao ver a pele da esposa. – De que parte você sentiu mais falta?

– Da sua mente – disse ela, e sorriu diante de sua expressão.

– Eu estava esperando uma resposta muito mais depravada do que essa.

– Sua mente é depravada – disse ela.

Ele deu uma risada rouca.

– Verdade.

Ela arfou quando a mão gentil e experiente dele deslizou para dentro do seu roupão.

– De que parte de m-mim você sentiu mais falta?

– Senti sua falta da cabeça aos pés, de todas as sardas, do seu gosto... de sentir seu cabelo em minhas mãos... Evie, meu amor, você está vergonhosamente vestida demais.

E ele a pegou e a levou para a cama. O roupão de veludo foi tirado, substituído pela luz do fogo e pelas carícias de suas mãos. Ele beijou a nova e bela curva da sua barriga, fascinado pelas mudanças em seu corpo fértil. E então ele a beijou em todas as outras partes, e penetrou-a com uma habilidade lenta e provocadora. Evie se contorceu um pouco ao senti-lo, tão rígido e forte, dentro dela.

St. Vincent fez, então, uma pausa e sorriu para ela, o rosto corado de desejo.

– Minha doce esposa – sussurrou –, o que vou fazer com você? Tão pouco tempo afastados e você já se esqueceu de como me acomodar. – Evie balançou a cabeça, esforçando-se para recebê-lo, e seu marido riu suavemente. – Deixe-me ajudá-la, amor... – E então ele acariciou o corpo dela com uma precisão perversa e delicada, até penetrá-la completamente e levá-la, suspirando e tremendo, ao mais absoluto e indefeso êxtase.

Mais tarde, quando Evie se reclinou de lado, tentando recuperar o fôlego, St. Vincent saiu da cama, voltou com uma grande maleta de couro e colocou-a na mesa ao lado.

– Trouxe as joias da família – disse ele.

– Eu sei – disse Evie, lânguida, e ele riu ao ver para onde ela olhava.

– Não, amor, as outras joias da família. São herança da futura duquesa de Kingston, mas eu disse a meu pai que as daria a você agora, já que ele, obviamente, viverá por uma eternidade.

Os olhos dela se arregalaram.

– Obrigada, Sebastian. Mas eu... eu não preciso de joias...

– Precisa. Deixe-me vê-las em você.

Pegou, então, cordões de pérolas preciosas, colares brilhantes e pulseiras e brincos de ouro; todas as joias imagináveis.

Evie começou a se contorcer e dar risadas quando, para seu embaraço, ele sentou-se ao seu lado e começou a enfeitá-la, colocando um bracelete de safira ao redor do tornozelo, enfiando um diamante em seu umbigo.

– Sebastian... – protestou ela, enquanto ele cobria seu

corpo nu com ouro e pedras raras suficientes para comprar um pequeno país.

– Fique quieta. – Entre os fios de pérolas sua boca procurava, parando aqui e ali, lamber e morder suavemente a pele dela. – Estou fazendo uma decoração de Natal.

Evie sorriu e estremeceu.

– Você não deveria *me* decorar.

– Não desencoraje meu espírito festivo, querida. Agora deixe-me mostrar algo interessante sobre essas pérolas...

E, em pouco tempo, os protestos dela tinham dado lugar a gemidos suaves e prazerosos.

CAPÍTULO 12

— Hannah! – Natalie estava na cama, tomando o chá da manhã. Uma criada revirava as brasas e acendia a lareira, rindo como se ela e Natalie tivessem compartilhado uma piada irresistivelmente engraçada.

Hannah tinha acabado de voltar de uma longa e fria caminhada e sorriu carinhosamente para a prima.

– Bom dia, querida, finalmente acordada?

– Sim, fiquei acordada até muito tarde na noite passada.

Um grupo de convidados mais novos, incluindo Natalie, passara a noite divertindo-se com jogos de salão. Hannah não tinha perguntado nem queria saber se Rafe – pois era assim que ela agora pensava no Sr. Bowman – tinha estado entre eles.

Nos últimos dias, desde sua impressionante interação na biblioteca, Hannah evitara Rafe o máximo possível e tentara não falar com ele diretamente. Saíra para fazer caminhadas solitárias e pensar muito, incapaz de compreender por que Rafe tinha se envolvido em um ato tão íntimo com ela, por que ela permitira aquilo e quais eram os sentimentos que tinha por ele.

Embora soubesse pouco sobre o desejo físico, Hannah entendia que acontecia mais fortemente entre algumas pessoas do que entre outras. Não sabia dizer se Rafe tinha o mesmo desejo em relação a Natalie. E sentia-se péssima ao pensar nisso. Mas estava certa de que ele não avançara *assim* para cima de Natalie, pelo menos ainda não, ou Natalie teria lhe contado.

Mais que tudo, ela sabia que, em última análise, nada disso importava. Para um homem na posição de Rafe, sentimentos de desejo e ligação não mudariam o rumo que daria à sua vida. Quando se casasse com Natalie, ele já não seria a ovelha negra dos Bowman. De uma só vez, agradaria o pai, asseguraria sua posição de direito nos negócios da família e ganharia uma grande fortuna.

Se escolhesse outra pessoa, ele perderia tudo.

Uma mulher que gostasse dele nunca lhe pediria para fazer uma escolha dessas.

Naquela tarde, quando se levantara do chão da biblioteca e arrumara cuidadosamente sua roupa, Hannah admitiu para si mesma que estava se apaixonando por ele, e, quanto mais o conhecia, mais profundos esses sentimentos se tornavam. Pegara o pequeno soldado de brinquedo e o carregava no bolso, um peso pequeno e íntimo. Era seu amuleto agora – não o ofereceria a Rafe de novo. No futuro, poderia segurá-lo na mão e lembrar-se daquele americano atrevido e canalha, e da atração que explodira em uma paixão entre eles.

Sou uma mulher com um passado agora, pensou, melancólica, achando graça.

Sobre Samuel Clark e sua proposta... Rafe tinha razão. Ela não o amava. Seria injusto com Clark casar-se com ele e compará-lo para sempre com outra pessoa. Portanto, Hannah resolveu escrever para Clark assim que possível e recusar sua oferta de casamento, por mais que ficasse tentada com a segurança que ele oferecia.

A alegre voz de Natalie a fez despertar de seus devaneios.

– Hannah! Hannah, você está ouvindo? Tenho algo *delicioso* para lhe contar... há alguns minutos, Polly trouxe o bilhete mais surpreendente... – Natalie balançou um pergaminho queimado e meio amassado à sua frente. – Você vai corar quando ler. Vai *desmaiar*.

– O que é? – perguntou Hannah, aproximando-se lentamente da cama.

Polly, a jovem criada de cabelo escuro, respondeu com timidez.

– Bem, senhorita, faz parte das minhas tarefas polir as grelhas e limpar as lareiras da pequena casa de solteiro atrás da mansão...

– É onde o Sr. Bowman está hospedado – interveio Natalie.

– ... e, depois que o Sr. Bowman saiu esta manhã, fui até a lareira e, enquanto estava varrendo as cinzas, vi um pedaço de papel escrito. Então o peguei e, quando vi que era uma carta de amor, sabia que era para lady Natalie.

– Por que você imaginou isso? – perguntou Hannah, irritada por ver a privacidade de Rafe ser invadida.

– Porque ele está me cortejando – disse Natalie, revirando os olhos –, e todos sabem disso.

Hannah dirigiu um olhar sério para a empregada, cuja excitação diminuiu diante da reprovação dela.

– Você não deve bisbilhotar as coisas dos convidados, Polly – disse ela.

– Mas estava na lareira, meio queimada – protestou a criada, corando. – Ele não a queria. E eu vi as palavras e achei que poderia ser importante.

– Ou você pensou que era lixo, ou que era importante. Qual dos dois?

– Isso vai me trazer problemas? – sussurrou Polly, encarando Natalie com um olhar suplicante.

– Não, claro que não – disse Natalie, impaciente. – Agora, Hannah, não banque a certinha. Você está deixando de ver o que é importante, que esta é uma carta de amor do Sr. Bowman para mim. E é uma carta bem estranha, que mostra uma mentalidade bem suja... nunca recebi nada assim antes, e é muito divertida e...

Ela parou com uma risada quando Hannah a pegou.

A carta tinha sido amassada e jogada na lareira. Queimara nas bordas, então os nomes na parte superior e inferior tinham virado fumaça. Mas havia o suficiente de texto para revelar que tinha sido de fato uma carta de amor. E, quando leu o pergaminho queimado e parcialmente destruído, Hannah foi forçada a virar de costas para esconder o tremor de sua mão.

... devo alertá-la de que esta carta não será eloquente. No entanto, será sincera, sobretudo à luz do fato de que você nunca vai lê-la. Senti estas palavras como um peso no meu peito, até me surpreender com o fato de que um coração pode continuar batendo sob tal fardo.

Eu amo você. Amo você desesperada, violenta, terna e completamente. Eu a quero de maneiras que sei que a deixariam chocada. Meu amor, você não pertence a um homem como eu. No passado, fiz coisas que você não aprovaria, e fiz isso dezenas de vezes. Tenho levado uma vida de pecado excessivo. Resultado: sou assim tão excessivo também no amor. Na verdade, ainda mais excessivo no amor.

Quero beijar cada parte macia do seu corpo, fazer você corar e desmaiar, dar-lhe prazer até você chorar, e secar cada lágrima com meus lábios. Se você soubesse como anseio por sentir seu gosto... Quero tomá-la nas minhas mãos e na minha boca e me deleitar com você. Quero beber vinho e mel no seu corpo.

Quero você sob mim. De costas.

Sinto muito. Você merece mais respeito do que isso. Mas não consigo parar de pensar nessas coisas. Seus braços e pernas à minha volta. Sua boca, aberta para os meus beijos. Preciso muito de você. Uma vida inteira de noites passadas entre suas pernas não seria suficiente.

Quero conversar com você todos os dias. Lembro-me de cada palavra que já me disse.

Se eu pudesse visitá-la como um estrangeiro que entra em um país desconhecido – aprender a sua linguagem, vagar além de todas as fronteiras a cada lugar particular e secreto –, eu ficaria para sempre. Eu me tornaria um cidadão de você.

Você diria que é muito cedo para me sentir assim. E me perguntaria como posso estar tão certo. Mas algumas coisas não podem ser medidas pelo tempo. Pergunte-me daqui a uma hora. Pergunte-me daqui a um mês. Um ano, dez anos, uma vida inteira. Meu amor por você durará mais do que qualquer calendário, relógio ou cada dobrar de cada sino. Se ao menos você...

E parava aí.

Ciente do silêncio no quarto, Hannah se esforçou para acalmar a respiração.

– Tem mais? – perguntou ela em tom controlado.

– Eu *sabia* que você ficaria vermelha – disse Natalie triunfante.

– O resto tinha virado cinzas, senhorita – respondeu Polly, mais cautelosa.

– Você mostrou isso a mais alguém? – perguntou Hannah bruscamente, preocupada com Rafe. Aquelas palavras não foram escritas para ninguém ler. – Algum dos criados?

– Não, senhorita – disse a garota, com o lábio inferior tremendo.

– Céus, Hannah – exclamou Natalie –, não há por que ficar tão irritada. Pensei que isso a divertiria, e não a transtornaria assim.

– Não estou transtornada. – Estava devastada, excitada e angustiada. E, acima de tudo, confusa. Hannah procurou manter o rosto inexpressivo ao continuar. – Mas, por respeito ao Sr. Bowman, não acho que isso deva ser exibido para o divertimento dos outros... Se ele for se tornar seu marido, Natalie, você deve proteger a privacidade dele.

– Eu, protegê-lo? – indagou Natalie maliciosamente. – Depois de ler isso, acho que eu é que precisarei ser protegida dele. – Ela balançou a cabeça e riu do silêncio de Hannah. – Que estraga-prazeres você é. Vá queimar o que restou da carta, se isso for melhorar seu humor.

~

Alguns homens, refletiu Rafe com amargura, só queriam que seus filhos seguissem a mesma vida que estavam levando.

Depois de uma longa e terrível discussão naquela manhã, ficou claro para ele que Thomas não cederia de forma alguma. Rafe deveria assumir a vida que seu pai planejara para ele e tornar-se, mais ou menos, um reflexo de Thomas Bowman. Ou então seu pai o consideraria um fracasso, tanto como filho quanto como homem.

A discussão começara quando Thomas dissera a Rafe que ele deveria pedir lady Natalie em casamento na véspera de Natal.

– Lorde Blandford e eu queremos anunciar o noivado de nossos filhos no baile da véspera de Natal.

– Que ideia esplêndida – maravilhou-se Rafe sarcasticamente. – Mas ainda não decidi se quero me casar com ela.

O rosto de Thomas Bowman imediatamente começara a ficar vermelho, como seria fácil prever.

– É hora de tomar uma decisão. Você já tem todas as informações necessárias. Passou tempo suficiente com ela para avaliar suas qualidades. Ela é filha de um nobre. Você já sabe de todas as recompensas que receberá quando se casar. Mas que diabo, por que ainda hesita?

– Não tenho nenhum sentimento por ela.

– Ainda melhor! Será um casamento estável. Está na hora de assumir seu lugar no mundo como homem, Rafe. – Thomas se esforçava para controlar seu temperamento enquanto tentava se fazer entender. – O amor passa. A beleza desvanece. A vida não é uma travessura romântica nos prados.

– Meu Deus, isso é inspirador.

– Você nunca fez nada que eu pedi. Nem sequer tentou. Eu queria um filho que me ajudasse, que entendesse a importância do que eu estava fazendo.

– Eu entendo que você quer construir um império – disse Rafe calmamente. – E tentei encontrar um lugar para mim em seus grandiosos planos. Eu poderia fazer muito pela empresa, e você sabe disso. O que não entendo é o que mais você quer que eu prove.

– Quero que você demonstre seu compromisso comigo, assim como Matthew Swift fez. Ele se casou com a mulher que escolhi.

– Ele estava apaixonado pela Daisy – retrucou Rafe.

– E você poderia estar por lady Natalie. Mas, por fim, o amor não importa. Homens como nós se casam com mulheres que vão favorecer nossas ambições, ou que pelo menos não vão prejudicá-las. Veja só que casamento longo e produtivo sua mãe e eu tivemos.

– Trinta anos – concordou Rafe. – E você e mamãe mal suportam ficar juntos no mesmo ambiente. – Rafe, então, suspirou de maneira tensa e passou a mão pelo cabelo. Olhou para o rosto redondo e obstinado do pai, com seu bigode eriçado, e se perguntou por que Thomas sempre se sentira compelido a exercer um controle implacável sobre as pessoas ao seu redor. – Para que tudo isso, pai? Que recompensa você tem depois de todos esses anos construindo sua fortuna? Você não se sente feliz com a sua família, tem o temperamento de um texugo sendo caçado... e isso nos seus dias bons. Você não parece gostar muito de nada.

– Gosto de ser Thomas Bowman.

– Fico feliz em ouvir isso, mas acho que *eu* não iria gostar de ser você.

Thomas olhou para ele por um longo tempo. Seu rosto se suavizou e, ao menos desta vez, falou em um tom quase paternal.

– Estou tentando ajudá-lo. Não pediria que você fizesse algo que acreditasse ir contra seus próprios interesses. Meu julgamento com relação a Swift e Daisy estava correto, não é?

– Por algum milagre de Deus, sim – murmurou Rafe.

– Tudo ficará melhor, mais fácil, quando você começar a fazer as escolhas certas. Você deve construir uma boa vida para si mesmo, Rafe. Assumir o seu lugar à mesa. Não há nada de errado com a filha de Blandford. Todos querem esta união. Lady Natalie deixou claro para todo mundo que está interessada. E você me fez crer que levaria isso adiante, desde que a garota fosse aceitável!

– Você tem razão. A princípio, eu não tinha critério algum sobre a pessoa, mas agora não estou disposto a escolher uma esposa com menos cuidado do que escolheria um par de sapatos.

Thomas parecia exasperado.

– O que mudou desde que você chegou à Inglaterra?

Rafe não respondeu.

– É aquela garota de cabelo castanho? – insistiu o pai. – A acompanhante de lady Natalie?

Ele olhou para o pai desconfiado.

– Por que pergunta?

– Parece que você foi mais de uma vez ouvi-la ler à noite para um grupo de crianças. E você não liga a mínima para crianças ou para histórias de Natal. – O bigode pesado se contraiu. – Ela é uma garota simples, Rafe.

– E nós não somos? Vovó era lavadeira da zona portuária, e só Deus sabe quem era seu pai. E isso só do seu lado da...

– Passei a vida inteira tentando elevar o nível desta família! Não use essa garota como uma maneira de fugir das suas responsabilidades. Você pode ter muitas iguais a ela depois de se casar com lady Natalie. Ninguém o condenaria por isso, principalmente na Inglaterra. Seduza-a, faça dela sua amante. Eu até compro uma casa para ela, se isso lhe agradar.

– Obrigado, mas posso bancar minhas próprias amantes. – Rafe lançou ao pai um olhar de desgosto. – Você quer tanto esse casamento que está disposto a financiar a perdição de uma menina inocente?

– Todo mundo perde a inocência mais cedo ou mais tarde. – Quando Thomas viu a expressão de Rafe, seus olhos ficaram frios. – Se você frustrar as expectativas de todos e me envergonhar nessa negociação, vou cortá-lo de meu testamento. Não lhe darei mais nenhuma chance. Você será deserdado.

– Entendido – disse Rafe secamente.

Capítulo 13

"... e todos falavam que ele era um homem que preservava sempre o espírito de Natal, se é que algum homem sabe como fazer isso. Que o mesmo possa ser dito de todos nós! E, como dizia o pequeno Tim, que Deus nos abençoe a todos!"

Ao erguer os olhos quando terminou de ler *Um conto de Natal*, Hannah viu os rostos arrebatados das crianças, seus olhos brilhavam. Houve então um breve silêncio, o prazer compartilhado de uma história maravilhosa com um toque de pesar por ter chegado ao fim. E em seguida todos foram se levantando, andando pela sala, os rostos melados de leite e migalhas de biscoito, as pequenas mãos batendo palmas com entusiasmo.

Havia dois pestinhas em seu colo, e um abraçava seu pescoço por trás da cadeira. Hannah levantou a cabeça quando Rafe Bowman se aproximou dela. Seu coração disparou, e ela sabia que sua falta de ar não tinha nada a ver com os pequenos braços apertados ao redor do seu pescoço.

Bowman observou que ela tinha as roupas desarrumadas e o penteado bagunçado.

– Muito bem – murmurou ele. – Você fez com que todos nós experimentássemos o sentimento de Natal.

– Obrigada – sussurrou ela, tentando não pensar nas mãos dele na sua pele, na sua boca...

– Preciso falar com você.

Hannah, então, tirou cuidadosamente as crianças do colo e soltou os braços que envolviam o seu pescoço. Levantando-se para falar com ele, tentou em vão endireitar o vestido e alisar as saias. Ela respirou fundo, mas sua voz saiu com uma desalentadora falta de força.

– Eu... eu não vejo como algo bom poderia vir de uma conversa nossa.

O olhar dele era quente e direto.

– Mesmo assim, vou falar com você.

As palavras da carta dele passaram pela sua mente. *Quero beijar cada parte macia do seu corpo...*

– Por favor, não agora – sussurrou ela, com o rosto vermelho e um nó cada vez maior na garganta.

Ao perceber os sinais de sua angústia, ele cedeu.

– Amanhã?

Preciso muito de você...

– Sim – disse ela com dificuldade.

Então, compreendendo como sua presença a afetava, Rafe acenou ligeiramente a cabeça; tinha o maxilar tenso. Havia dezenas de coisas a dizer, as palavras pairavam com impaciência nos seus lábios, mas algo – compaixão ou piedade, talvez – fez com que se controlasse.

– Amanhã – repetiu ele calmamente, e a deixou.

～

As babás vieram recolher as crianças, e Hannah saiu para o corredor em um torpor de infelicidade.

Ninguém jamais lhe dissera que o amor poderia fazer todas as células do corpo doerem.

Estava cada vez mais convencida de que não seria capaz de assistir ao casamento de Rafe e Natalie, que todos os acontecimentos da vida conjugal dos dois – os nascimentos dos filhos, as celebrações e os rituais – seriam demais para ela suportar. Ficaria consumida de ciúme, desespero e ressentimento até se desintegrar. O que se costumava dizer para uma mulher na sua situação era que algum dia ela conheceria outro homem e esqueceria Rafe Bowman por completo. Mas ela não queria outro homem. Não havia ninguém como ele.

Estou condenada, pensou.

Seguiu pelo corredor com a cabeça abaixada, planejando ir para o quarto, onde poderia ficar triste e chorar sem que ninguém a visse. Infelizmente, andar de cabeça baixa significava não ver exatamente aonde se estava indo. Ela quase colidiu com uma mulher que se aproximava na direção oposta, alguém que andava com passadas longas e descontraídas.

As duas pararam de repente, e a mulher estendeu a mão para ajudar Hannah a se equilibrar.

– Minha senhora – disse Hannah, arfando, ao reconhecer Lillian. – Ah... sinto muito... Peço-lhe que me perdoe...

– Não foi nada – assegurou a condessa. – Foi minha culpa, na verdade. Eu estava indo depressa falar com a governanta antes de me encontrar com minha irmã, e... – Ela parou e observou Hannah com atenção. – Você parece prestes a chorar – disse sem rodeios. – Algum problema?

– Não – respondeu Hannah, não conseguindo evitar que algumas lágrimas quentes se derramassem. Ela suspirou e curvou a cabeça de novo. – Ah, *bolas*. Perdoe-me, preciso ir...

– Coitadinha – disse Lillian com sincera compaixão, não parecendo nem um pouco chocada com a blasfêmia. – Venha comigo. Há uma sala no andar de cima onde podemos conversar.

– Não posso – sussurrou Hannah. – Minha senhora, perdoe-me, mas a senhora é a última pessoa a quem posso confidenciar meus problemas.

– Ah. – Os olhos da condessa, do mesmo tom aveludado de castanho do irmão, arregalaram-se ligeiramente. – É Rafe, não é?

Mais lágrimas jorraram, não importava quão firme ela fechasse os olhos.

– Você tem uma amiga com quem possa conversar? – perguntou Lillian suavemente.

– Natalie é minha melhor amiga – disse Hannah, fungando. – Ou seja, é impossível.

– Então me deixe ser sua amiga. Não tenho certeza se posso ajudar, mas pelo menos posso tentar entender.

Elas foram para uma sala acolhedora no andar de cima, uma sala particular com decoração elegante e feminina. Lillian fechou a porta, pegou um lenço para Hannah e sentou-se ao lado dela no sofá.

– Insisto que me chame de Lillian – disse ela. – E, antes que qualquer uma de nós fale algo, permita-me assegurá-la que tudo o que for dito nesta sala permanecerá em segredo. Ninguém ficará sabendo.

– Sim, minha... Lillian. – Hannah assoou o nariz e suspirou.

– Agora, o que aconteceu para fazê-la chorar?

– É o Sr. Bowman... Rafe... – Ela não conseguia colocar as palavras na ordem certa, então simplesmente deixou que fossem saindo, mesmo sabendo que Lillian nunca seria capaz de entendê-las. – Ele é tão... e eu nunca... e, quando ele me beijou, eu pensei que não, que era apenas uma paixão, mas... e então o Sr. Clark me pediu em casamento, e percebi que não podia aceitar porque... e eu sei que é cedo demais. Rápido demais. Mas a pior parte é a carta, porque nem sei para quem ele escreveu!

E ela continuou falando, tentando desesperadamente se fazer entender. De algum modo Lillian conseguiu captar aquela confusão.

Enquanto Hannah despejava toda a história, ou pelo menos uma versão autorizada dela, Lillian segurava com firmeza suas mãos. Quando Hannah parou para assoar o nariz de novo, Lillian disse:

– Vou pedir um chá. Com conhaque.

Ela puxou a sineta dos empregados e, quando uma criada chegou à porta, Lillian a abriu e falou baixinho com ela. A criada foi buscar o chá.

Assim que Lillian voltou para o sofá, a porta se abriu e Daisy Swift enfiou a cabeça para dentro. Ela pareceu um tanto surpresa ao ver Hannah sentada ali com Lillian.

– Olá. Lillian, estávamos esperando você para jogar cartas.

– Mas que diabo, esqueci.

Os olhos castanhos de Daisy estavam cheios de curiosidade e simpatia quando olharam para Hannah.

– Por que você está chorando? Há algo que eu possa fazer?

– Estamos tratando de um assunto muito confidencial e altamente sensível – disse Lillian. – Hannah está se abrindo comigo.

– Ah, se abra comigo também! – disse Daisy com seriedade, entrando na sala. – Consigo guardar segredos. Melhor do que Lillian até, na verdade.

Sem dar a Hannah chance de resposta, Daisy fechou a porta e sentou-se ao lado da irmã.

– Você não deve contar a *ninguém* – disse Lillian severamente para Daisy. – Hannah está apaixonada por Rafe, e ele vai pedir lady Natalie em casamento. Só que ele está apaixonado por Hannah.

– Não tenho certeza disso – disse Hannah com voz abafada. – É só que... a carta...

– Você ainda a tem? Posso vê-la?

Hannah olhou para ela, incerta.

– É muito particular. Ele não quereria que ninguém lesse.

– Então ele deveria ter queimado o maldito papel direito – disse Lillian.

– Mostre-nos, Hannah – insistiu Daisy. – Não vai sair daqui, eu juro.

Hannah tirou o pedaço de pergaminho do bolso com cuidado e o entregou a Lillian. As irmãs inclinaram-se sobre a carta atentamente.

– Ah, meu... – ouviu Daisy murmurar.

– Ele não mede palavras, não é? – comentou Lillian secamente, erguendo as sobrancelhas. Então olhou para Hannah. – Esta é a letra de Rafe, e não tenho dúvidas de que seja o autor. Mas ele não costuma se expressar dessa maneira.

– Tenho certeza de que ele conhece muitas frases bonitas para atrair mulheres – murmurou Hannah. – Ele é um farrista.

– Bem, sim, ele é um farrista, mas ser assim tão direto e efusivo... isso não é típico dele. Geralmente ele é...

– Um farrista de poucas palavras – concluiu Daisy por ela.

– A questão é que ele estava claramente tocado por um sentimento muito forte – disse Lillian a Hannah. Então virou-se para a irmã mais nova. – O que você acha, Daisy?

– Bem, ler essas coisas escritas por um irmão é um pouco estranho – disse Daisy. – Vinho e mel, etc. Mas, independente disso, é claro que Rafe se apaixonou pela primeira vez na vida.

– A carta pode não ter sido escrita para mim... – começou Hannah, quando a porta se abriu de novo.

Era Evie, lady St. Vincent, com o cabelo vermelho preso em um coque frouxo.

– Estava procurando vocês – disse ela.

– Nós não a vemos há dias – disse Lillian. – Onde você esteve?

Evie ficou vermelha.

– Com St. Vincent.

– O que você tem... ah, santo Deus, não importa.

Evie olhou para Hannah.

– Ah, querida, você está bem?

– Estamos conversando algo *muito* particular – disse Daisy. – Hannah está apaixonada por Rafe. É um segredo. Entre.

Evie entrou na sala e sentou-se em uma cadeira próxima a elas, enquanto Lillian resumia a situação.

– Posso ver a carta? – perguntou ela.

– Eu não acho... – começou Hannah, mas Daisy já lhe entregara.

– Não se preocupe – murmurou Lillian para Hannah. – Evie é melhor do que ninguém para guardar segredos.

Depois que Evie terminou de ler, erguendo os olhos azuis redondos, Hannah disse melancolicamente:

– Ele poderia não estar pensando em mim. A carta pode muito bem ter sido escrita para Natalie. Os homens a adoram. Estão *sempre* pedindo Natalie em casamento, e ela os controla muito bem, e eu não sei controlá-los de forma alguma.

– N-Ninguém pode controlar os homens – disse Evie de maneira firme. – N-nem eles conseguem se controlar.

– Exato – disse Lillian. – E, além disso, qualquer mulher que acha que consegue controlar os homens não deveria ter permissão para ter homem algum.

– Annabelle consegue controlá-los – retrucou Daisy. – Embora ela, se consultada, fosse negar.

Então ouviram uma leve batida na porta.

– O chá – disse Lillian.

No entanto, não era uma criada, mas Annabelle Hunt.

– Olá – disse ela com um sorriso, enquanto seu olhar percorria o grupo. – O que estamos fazendo? – Quando olhou para Hannah, sua expressão de curiosidade transformou-se em preocupação. – Ah, você andou chorando.

– Ela está apaixonada por Rafe Bowman – disse Evie. – É um s-segredo. Entre.

– Não conte a *ninguém*, Annabelle – disse Lillian severamente. – Isso é confidencial.

– Ela não é muito boa com segredos – disse Daisy.

– Sou, sim – afirmou Annabelle, entrando na sala. – Pelo menos, sou boa em guardar grandes segredos. É com os pequenos que pareço ter problemas.

– Este é um grande segredo – disse Lillian a ela.

Hannah esperou, resignada, a situação ser explicada a Annabelle.

Ao receber a carta, Annabelle examinou o pergaminho queimado, e um leve sorriso lhe chegou aos lábios.

– Ah, que lindo. – Ela olhou para Hannah. – Isso não era para lady Natalie – disse ela decididamente. – Hannah, a atração de Rafe por você não passou despercebida. Na verdade, foi discretamente comentada.

– Ela quer dizer que todos estão fofocando sobre vocês – disse Daisy a Hannah.

– Acredito – continuou Annabelle – que Rafe goste de lady Natalie... com certeza há muito que se gostar nela. Mas ele ama *você*.

– Mas é impossível – disse Hannah com o rosto contraído de angústia.

– Impossível que ele possa amar você? – perguntou Daisy. – Ou impossível em razão do terrível acordo que papai fez em nome dele?

– Os dois – lamentou Hannah. – Primeiro, não sei se o que ele sente por mim é apenas uma paixão passageira... – Ela parou para secar os olhos que ardiam.

– *"Pergunte-me daqui a uma hora"* – Annabelle leu com voz suave a carta. – *"Pergunte-me daqui a um mês. Um ano, dez anos, uma vida inteira..."* Isso não é paixão passageira, Hannah.

– Mas mesmo que seja verdade – disse Hannah –, eu nunca o aceitaria, porque ele perderia tudo, inclusive seu relacionamento com o pai. Eu não iria querer que ele fizesse um sacrifício tão grande.

– Nem nosso pai deveria pedir tanto dele – disse Lillian, sombriamente.

– Talvez eu deva dizer – comentou Daisy – que Matthew está decidido a ter uma conversa séria sobre isso com papai. Ele diz que não se deve permitir que papai cometa tais excessos. Limites devem ser estabelecidos. Do contrário, ele vai tentar passar por cima de todo mundo. E, como Matthew tem muito poder de influência sobre o papai, é bem possível que possa convencê-lo a retirar suas exigências.

– Mas, independentemente do que aconteça – disse Annabelle a Hannah –, você não tem nada a ver com a relação entre Rafe e o pai. Sua única obrigação é abrir seu coração para o Rafe. Por amor, e para o seu próprio bem, você deve dar a ele o direito de escolher. Ele merece saber dos seus sentimentos antes de tomar decisões importantes sobre o futuro.

Hannah sabia que Annabelle estava certa. Mas a verdade não era exatamente libertadora. E só fazia com que se sentisse vazia e pequena. Com a ponta do sapato, ela seguiu um padrão de medalhão florido que havia no tapete.

– Espero ter coragem – disse ela, mais para si mesma do que para as outras.

– O amor vale o risco – disse Daisy.

– Se não contar a Rafe – acrescentou Lillian –, vai se arrepender para sempre, pois nunca saberá o que poderia ter acontecido.

– Conte a ele – disse Evie baixinho.

Hannah respirou fundo, trêmula, olhando para as quatro. Elas formavam um grupo peculiar, todas tão inteligentes e belas, mas... diferentes. Hannah tinha a sensação de que essas mulheres encorajavam as excentricidades umas das outras e apreciavam suas diferenças. Qualquer coisa poderia ser dita ou feita entre elas, e, seja lá o que fosse, elas aceitariam e perdoariam. Às vezes, em algumas raras e maravilhosas amizades, o laço do amor fraternal era muito mais forte do que qualquer laço de sangue.

Era bom estar junto delas. Sentia-se reconfortada na sua presença, sobretudo quando observava os familiares olhos escuros das irmãs Bowmans.

– Tudo bem – disse ela, com um frio na barriga. – Vou contar a ele. Amanhã.

– Amanhã à noite é o baile da véspera de Natal – disse Annabelle. – Você tem um vestido bonito para usar?

– Sim – respondeu Hannah. – Um branco. É muito simples, mas é o meu favorito.

– Tenho um colar de pérolas que poderia lhe emprestar – ofereceu Annabelle.

– Tenho luvas brancas de cetim para ela – exclamou Daisy.

Lillian sorriu.

– Hannah, vamos enfeitá-la mais do que a árvore de Natal.

A empregada trouxe o chá, e Lillian a mandou buscar xícaras extras.

– Quem quer chá com conhaque? – perguntou Lillian.

– Eu quero – disse Daisy.

– Vou tomar o m-meu sem o conhaque – murmurou Evie.

– Vou tomar o meu sem o chá – disse Annabelle.

Daisy, então, foi se sentar ao lado de Hannah, deu-lhe um lenço limpo e passou o braço ao redor de seus ombros.

– Sabe, querida – disse Daisy –, você é nossa primeira Flor Seca honorária. E nós trouxemos muito boa sorte uma à outra. Não tenho dúvidas de que isso se estenderá a você também.

Ligeiramente embriagada após um copo de conhaque puro, Lillian disse boa noite às Flores Secas, incluindo a mais nova integrante do grupo. Todas elas deixaram a sala Marsden e foram para os seus quartos. Então, caminhando lentamente em direção à suíte principal, Lillian ponderou sobre a situação do irmão e seu rosto foi tomado pela preocupação.

Lillian era uma mulher franca e direta, que preferia lidar com um problema encarando-o de frente. Entendia, no entanto, que aquele assunto devia ser tratado com discrição e sensibilidade. O que significava que precisava manter-se fora dele. Ainda assim, ansiava que Rafe encontrasse a felicidade que merecia. E mais, queria muito sacudir seu teimoso pai e ordenar que ele parasse de manipular a vida de todos ao seu redor.

Resolveu conversar com Westcliff, com quem sempre podia contar quando buscava consolo e bom senso. Mal podia esperar para ouvir suas opiniões sobre Rafe, Hannah e lady Natalie. Então, calculando que ele ainda estaria lá embaixo com os convidados, dirigiu-se à grande escadaria.

Quando chegou ao topo da escada e se preparava para descer, viu seu marido parado no hall de entrada lá embaixo, conversando com alguém.

Lady Kittridge... *de novo.*

– Marcus – sussurrou ela, sentindo uma pontada de ciúme que logo se transformou em raiva.

Por Deus, ela não iria tolerar aquilo. Não perderia o afeto do seu marido para outra pessoa. Não sem lutar. Cerrou os punhos. Embora cada instinto seu gritasse para ela descer em disparada e saltar entre seu marido e a loura, conseguiu se conter. Era uma condessa. Agiria dignamente e confrontaria Marcus em particular.

Primeiro, foi ao quarto de bebê dar boa-noite à pequena Merritt, que estava aconchegada em um berço enfeitado com renda, com uma babá cuidando dela. Ver sua adorável filha a acalmou um pouco. Passou a mão suavemente sobre o cabelo escuro da bebê. Sou a mãe da filha dele, pensou, desejando poder lançar as palavras como adagas na glamorosa lady Kittridge. Sou sua esposa. E ele ainda não deixou de me amar!

Em seguida, foi para o quarto principal, tomou banho, vestiu uma camisola e um roupão de veludo, e depois escovou seu longo cabelo escuro.

Seu coração começou a bater em disparada quando Marcus entrou no quarto. Ele parou ao vê-la, as longas mechas de cabelo caindo pelas suas costas, e sorriu. Ali na intimidade, seu comportamento autoritário desaparecia, e o conde todo-poderoso tornava-se um homem amoroso e perfeitamente mortal.

Ele tirou o casaco e colocou-o em uma cadeira. Em seguida, a gravata, e então foi ficar ao lado dela.

Lillian fechou os olhos quando as mãos dele tocaram sua cabeça, os dedos deslizando suavemente por seu cabelo solto, e depois massageando suas têmporas. Não conseguia parar de pensar nele, o poder contido de seu corpo, e o aroma doce e seco de ar livre que exalava. Ele a fascinava, aquele homem complexo com necessidades complexas. Criada sob a crítica irrestrita de seus pais, não era de admirar que ela ocasionalmente duvidasse ser suficiente para Marcus.

– Você está cansada? – perguntou ele com sua voz rouca e aveludada, tão distinta e agradável.

– Só um pouco.

Ela suspirou quando as mãos dele deslizaram por seus ombros, aliviando a tensão contida neles.

– Você poderia simplesmente se deitar e deixar que eu

fizesse o resto – sugeriu ele, com um brilho nos olhos escuros.

– Sim, mas... tem uma coisa que preciso falar com você antes.

Maldição, havia um tremor em sua voz, apesar de estar tentando parecer calma e digna.

A expressão de Marcus mudou quando ouviu a angústia no seu tom. Levantou-a para ficar de frente para ele, e olhou para ela com preocupação imediata.

– O que é, meu amor?

Lillian respirou fundo uma vez. Outra. Seu medo, sua raiva e sua preocupação eram tão grandes que era difícil forçar as palavras a saírem.

– Eu... eu não deveria ficar no caminho de suas... atividades fora do casamento. Sei disso. Entendo como funciona para os do seu gênero... Quero dizer, você fez isso por séculos, e imagino que era demais eu esperar que você... que eu... fosse ser suficiente. Tudo o que eu peço é que você seja discreto. Porque não é fácil vê-lo com ela... a maneira como você sorri, e... – Ela parou e cobriu o rosto com as mãos, mortificada por sentir lágrimas brotando em seus olhos. Maldição.

– Meu gênero? – Marcus parecia perplexo. – O que eu fiz por séculos? Lillian, mas de que diabo você está falando?

Sua voz aflita passou através das mãos.

– Lady Kittridge.

Houve um breve instante de choque e silêncio.

– Você enlouqueceu? Lillian, olhe para mim. Lillian...

– Não posso olhar para você – murmurou ela.

Ele balançou-a de leve.

– Lillian... Devo entender que você acha que tenho um interesse pessoal nela?

O tom de indignação genuína em sua pergunta fez com que Lillian se sentisse um pouco melhor. Nenhum marido culpado poderia ter fingido uma reação tão perplexa. Por outro lado, nunca era uma boa ideia provocar Marcus. Ele geralmente demorava a se irritar, mas, uma vez irritado, as montanhas tremiam, os oceanos se abriam, e qualquer criatura com instinto de sobrevivência deveria correr e se esconder.

– Eu o vi conversando com ela – disse Lillian, baixando as mãos –, sorrindo para ela e trocando correspondências com ela. E... – Ela lançou-lhe um olhar infeliz de indignação. – Você mudou o jeito como amarra a gravata!

– Meu criado sugeriu isso – disse ele, parecendo confuso.

– E aquele novo truque na outra noite... aquela coisa nova que você fez na cama...

– Você não gostou? Maldição, Lillian, bastava você me dizer...

– Eu gostei – disse ela, enrubescendo. – Mas é um dos sinais, entende?

– Sinais de quê?

– De que você está cansado de mim – disse ela, a voz falhando. – De que deseja outra pessoa.

Marcus olhou para ela e proferiu uma série de blasfêmias que chocaram Lillian, que também tinha um extenso vocabulário de xingamentos. Então pegou-a pelo braço e puxou-a para fora do quarto.

– Venha comigo.

– Agora? Assim? Marcus, não estou vestida...

– Não dou a mínima!

Finalmente o deixei louco, pensou Lillian, alarmada, enquanto ele a puxava atrás dele, descendo as escadas, atravessando o hall de entrada e passando por alguns criados atordoados. Enfim saíram em meio à noite fria de dezembro. O que ele iria fazer? Jogá-la do penhasco?

– Marcus? – disse nervosa, apressando-se para acompanhar o ritmo de seus passos largos.

Ele não respondeu e continuou levando-a pelo pátio em direção aos estábulos. Passou pelo seu pátio central e pelo bebedouro para os cavalos, chegando ao espaço central e quente onde ficavam as fileiras de baias de cavalo muito bem equipadas. Os cavalos olharam para eles com ligeiro interesse quando Marcus puxou Lillian para o fim da primeira fileira. Havia uma baia com um grande e alegre laço vermelho preso no alto.

O estábulo continha uma égua árabe magnífica, com cerca de quatorze palmos de altura, com uma cabeça estreita e expressiva, grandes olhos brilhantes e tudo o que poderia haver de mais perfeito.

Lillian piscou, surpresa.

– Uma égua árabe branca? – indagou ela zonza, surpresa ao ver pela primeira vez uma criatura como aquela. – Ela parece saída de um conto de fadas.

– Tecnicamente ela está registrada como cinza – disse Marcus. – Mas o tom é tão claro, que parece ligeiramente prateada. Seu nome é Misty Moonlight. – Ele lançou-lhe um olhar sarcástico. – Ela é o seu presente de Natal. Você perguntou se poderíamos trabalhar suas habilidades de equitação juntos, lembra?

– Ah.

Lillian de repente ficou sem ar.

– Levei seis longos meses para consegui-la – continuou Marcus secamente. – Lady Kittridge é a melhor criadora de cavalos da Inglaterra e muito exigente com quem vende um dos seus puros-sangues árabes. E, como este cavalo tinha sido prometido a outra pessoa, eu tive de subornar e intimidar o outro comprador, e pagar uma maldita fortuna para lady Kittridge.

– E é por isso que você tem se comunicado com tanta frequência com lady Kittridge?

– Sim. – Ele franziu a testa para ela.

– Ah, Marcus!

Lillian foi dominada por um alívio e uma felicidade enormes.

– E, em troca do meu esforço – grunhiu ele –, sou acusado de infidelidade! Eu a amo mais do que minha própria vida. Desde que a conheci, nunca mais pensei em outra mulher. E está além das minhas capacidades compreender como você acha que eu poderia desejar outra pessoa se passamos toda santa noite juntos!

Ao perceber que ele tinha ficado mortalmente ofendido e que sua indignação aumentava a cada segundo, Lillian lhe ofereceu um sorriso apaziguador.

– Nunca pensei que você chegaria a me trair dessa maneira. Só estava com medo que você a achasse tentadora. E eu...

– A única coisa que acho tentadora é a ideia de levá-la até a selaria e bater com uma correia de sela no seu traseiro. Várias vezes. Com força.

Lillian recuou quando seu marido se aproximou dela ameaçadoramente. Sentia uma mistura de alívio e medo.

– Marcus, está tudo resolvido. Acredito em você. Não estou mais nem um pouco preocupada.

– Você deveria estar preocupada – disse ele com fria suavidade. – Porque está claro que, a menos que haja consequências para essa falta de fé em mim...

– *Consequências?* – gemeu ela.

– ... este problema poderá surgir de novo no futuro. Por isso vou deixar definitivamente bem claro o que eu quero, e com quem.

Então, encarando o marido com os olhos arregalados, Lillian se perguntou se ele iria bater nela, violá-la, ou as duas coisas. Ela calculou suas chances de escapar. Não eram nada boas. Marcus, com seu corpo forte, mas ágil, estava incrivelmente em forma. Era rápido como um raio e provavelmente poderia ultrapassar uma lebre. Observando-a com atenção, ele tirou o colete e jogou-o no chão coberto de feno. Em seguida, pegou uma manta de cavalo de uma pilha dobrada e abriu-a sobre um monte de feno.

– Venha aqui – disse ele calmamente, com a expressão implacável.

Os olhos dela se arregalaram. Risadas descontroladas e meio histéricas subiam pela sua garganta. Ela tentou se manter firme.

– Marcus, há certas coisas que não devem ser feitas na frente de crianças ou cavalos.

– Não há crianças aqui. E meus cavalos não fazem fofoca.

Lillian tentou passar por ele. Marcus a pegou com facilidade, atirando-a no feno coberto pela manta. E, enquanto ela gritava e protestava, ele rasgou a camisola dela. Sua boca tomou a dela, suas mãos deslizaram pelo corpo de Lillian com uma necessidade insolente. Um grito rasgou a garganta dela quando ele se curvou em direção aos seios, mordiscando delicadamente os bicos, depois aliviando as pequenas dores com a língua. Ele fez todas as coisas que sabia que a excitariam, suas carícias suaves, mas implacáveis, até ela arfar algumas palavras de rendição. Abrindo as calças com habilidade, ele arremeteu profundamente para dentro dela com uma força primitiva.

Lillian estremeceu de êxtase e agarrou as costas fortes e arqueadas dele. Marcus a beijou, com a boca bruta e ávida, seu corpo se movendo em um ritmo poderoso.

– Marcus – disse Lillian, sem ar –, nunca mais vou duvidar de você... ah, Deus...

Ele sorriu secretamente contra o cabelo de Lillian e puxou os quadris dela para ele.

– É melhor não – sussurrou ele. E, noite adentro, ele teve o que queria com ela.

CAPÍTULO 14

Hannah tentou em vão encontrar uma oportunidade de conversar com Rafe no dia seguinte. Não conseguia encontrá-lo em lugar nenhum. E também não sabia onde estava Natalie e os Blandfords, ou os Bowmans. Tinha a sensação inquietante de que algo estava acontecendo.

A mansão Stony Cross fervilhava de atividade, convidados cantavam, comiam, bebiam, enquanto as crianças faziam produções com um enorme teatro de brinquedo instalado em uma das salas.

Bem mais tarde naquele dia, Hannah finalmente avistou Rafe de relance enquanto passava pelo escritório de lorde Westcliff. Alguém deixara a porta aberta, e ela pôde vê-lo lá dentro conversando com Westcliff e o Sr. Swift. Ela parou, hesitante, e Rafe olhou em sua direção. Ele se afastou imediatamente da mesa em que estava apoiado e murmurou para os outros:

– Um momento, senhores.

Rafe foi até o corredor com a expressão contida. Mas um sorriso curvou os cantos de sua boca quando olhou para ela.

– Hannah...

A suavidade da voz dele a fez sentir um arrepio nas costas.

– Você... você disse que queria falar comigo hoje.

– Sim, eu disse. Eu quero. Perdoe-me... ando ocupado com alguns assuntos. – Então estendeu a mão para tocá-la como se não pudesse se conter, encostando, de leve, na manga de seu vestido. – Precisaremos de tempo e privacidade para o que eu quero conversar... e essas duas coisas estão bastante difíceis de conseguir hoje.

– Talvez mais tarde, hoje à noite? – sugeriu ela, hesitante.

– Sim. Eu a encontro. – Em seguida, recolhendo a mão, curvou-se um pouco, em sinal de gentileza. – Até breve.

~

Quando Hannah subiu as escadas para ajudar Natalie a colocar o vestido de baile e depois se arrumar, ficou intrigada ao descobrir que a prima já estava completamente vestida.

Estava magnífica em um vestido de cetim azul-claro, arrematado por um tule azul. Seus cachos dourados estavam presos no alto da cabeça.

– Hannah – exclamou Natalie, deixando o quarto em companhia de lady Blandford. – Tenho algo a lhe contar... algo muito importante...

– Você pode contar a ela mais tarde – interrompeu lady Blandford, parecendo tão distraída quanto a filha. – Lorde Blandford e lorde Westcliff estão lá embaixo, Natalie. Não podemos deixá-los esperando.

– Sim, claro. – Os olhos azuis de Natalie brilhavam de emoção. – Nós nos falaremos em breve, Hannah.

Confusa, Hannah assistiu às duas seguirem depressa pelo corredor. Com certeza estava acontecendo alguma coisa, pensou, e uma onda de preocupação provocou um suor frio sob as camadas de suas roupas.

Uma camareira a aguardava dentro do quarto.

– Srta. Appleton, lady Westcliff me mandou aqui para ajudá-la a se arrumar para o baile.

– Mandou? Isso é muito gentil. Não costumo precisar muito de ajuda, mas...

– Sou muito boa em fazer penteados – disse a criada com firmeza. – E lady Westcliff me disse para usar seus próprios grampos de pérolas em você. Agora, se puder se sentar à penteadeira, senhorita...?

Tocada pela generosidade de Lillian em enviar sua própria camareira, Hannah aceitou a ajuda. Levou uma eternidade para seu cabelo ser enrolado com pinças quentes, e preso em cachos no alto, com reluzentes pérolas brancas espalhadas pelas mechas escuras. A criada ajudou-a a colocar o vestido branco e deu-lhe um par de meias de seda bordadas de prata enviadas por Evie. Depois de prender um colar de pérolas de Annabelle Hunt no pescoço de Hannah, a criada ajudou-a a colocar um par de longas luvas de cetim branco, de Daisy Swift. As Flores Secas, pensou Hannah com um sorriso grato, eram seu próprio grupo de fadas madrinhas.

A criada arrematou com um pouco de pó no nariz e na testa de Hannah, e bálsamo de pétalas de rosa nos lábios.

Hannah estava ligeiramente espantada com seu próprio reflexo elegante, os olhos verdes e arregalados, o elaborado penteado contrastando de maneira belíssima com a simplicidade do vestido branco.

– Está muito bonita, senhorita – disse a criada. – É melhor descer logo... o baile já vai começar.

~

Hannah estava nervosa demais para ser tentada pelo magnífico buffet de iguarias disposto em longas mesas. Os convidados se deliciariam com os petiscos durante o baile e, mais tarde, um jantar formal seria servido. Assim que apareceu no salão de baile, juntaram-se a ela Lillian e Daisy, que elogiaram sua aparência.

– Vocês duas são muito gentis – disse Hannah com sinceridade. – E emprestar-me as pérolas e as luvas foi mais do que generoso...

– Temos nossos interesses – respondeu Daisy.

Hannah esboçou um olhar perplexo.

– Interesses muito bons – disse Lillian com um sorriso. – Queremos que seja nossa irmã.

– Já falou com Rafe? – sussurrou Daisy.

Hannah balançou a cabeça.

– Mal o vi o dia todo. Ele sumiu por um tempo, e mais tarde eu o vi no escritório de lorde Westcliff.

– Alguma coisa está acontecendo – disse Lillian. – Westcliff também ficou ocupado o dia todo. E meus pais não estão em lugar nenhum.

– Os Blandfords também – comentou Hannah apreensivamente. – O que significa tudo isso?

– Eu não sei. – Lillian abriu um sorriso tranquilizador. – Mas tenho certeza de que tudo ficará bem. – Então passou o braço pelo de Hannah. – Venha ver a árvore.

Com todas as velas acesas, a árvore de Natal era uma visão espetacular, centenas de minúsculas chamas brilhando por entre seus ramos. Todo o salão de baile estava decorado com plantas e veludo vermelho e dourado. Hannah nunca estivera em um evento tão deslumbrante. Maravilhada, ela olhou em torno da sala, vendo casais rodopiarem pelo salão enquanto a orquestra tocava músicas natalinas em ritmo de valsa. Os candelabros derramavam sua luz cintilante na cena. Pelas janelas mais próximas, ela viu o brilho de tochas que tinham sido colocadas nos jardins, cintilando contra um céu da cor de ameixas.

E então viu Rafe do outro lado da sala. Como os outros homens presentes, ele estava vestido de preto e branco, como manda a tradição. Vê-lo assim, tão carismático e bonito, deixou-a zonza de desejo.

Seus olhares se encontraram a distância, e ele examinou-a atentamente, sem perder nenhum detalhe da sua aparência. A boca de Rafe se curvou em um sorriso lento e fácil, e os joelhos dela pareciam ter virado geleia.

– Aqui, senhorita.

Um criado chegou com uma bandeja de champanhe. Taças da clássica bebida estavam sendo distribuídas a todos os convidados. A orquestra fez uma pausa. Ouviu-se um som que ecoou como prata em cristal.

– O que houve? – perguntou Lillian, erguendo as sobrancelhas enquanto ela e Daisy tomavam um pouco de champanhe.

– Parece que alguém vai fazer um brinde – comentou Daisy.

Ao ver lorde Blandford trazer Natalie consigo do outro lado da sala, Hannah agarrou firmemente a haste de sua taça de champanhe. E sentiu todo o seu corpo se retesar com o pressentimento.

Não... Não poderia ser.

– Meus amigos – disse Blandford algumas vezes, atraindo a atenção de todos. Os convidados silenciaram e olharam para ele, curiosos. – Como muitos de vocês sabem, lady Blandford e eu fomos abençoados com apenas uma filha, nossa amada Natalie. E agora chegou a hora de entregá-la aos cuidados de um homem a quem confiaremos sua felicidade e sua proteção, enquanto eles embarcam em uma jornada de vida juntos...

– Ah, não – Hannah ouviu Lillian sussurrar.

Hannah sentiu o frio se concentrar em seu peito até atingir seu coração. Lorde Blandford continuou a falar, mas ela não conseguiu ouvir as palavras em meio ao zumbido que tomou conta dos seus ouvidos. Sua garganta se fechou em um grito angustiado.

Ela tinha esperado tempo demais.

Suas mãos começaram a tremer tanto que ela não conseguia mais segurar a taça de champanhe. Ela entregou o copo para Daisy.

– Por favor, pegue isso – disse com voz sufocada. – Eu

não posso... eu tenho que... – Então se virou cheia de pânico e angústia, e correu para a saída mais próxima, uma das portas francesas que levavam para a área externa da mansão.

– Neste feriado tão feliz – continuava Blandford –, tenho a honra e o prazer de anunciar um noivado. Façamos um brinde à minha filha e ao homem a quem ela dará sua mão em casamento...

Hannah saiu pela porta e fechou-a, inspirando desesperadamente o ar frio de inverno. E então ouviu o som abafado de comemoração lá dentro.

O brinde tinha sido feito.

Rafe e Natalie estavam noivos.

Ela quase cambaleou sob o peso da própria dor. Pensamentos descontrolados corriam pela sua mente. Ela não podia encarar nada nem ninguém. Teria de ir embora naquela noite... de volta para seu pai e suas irmãs... nunca mais poderia ver Natalie, Rafe ou os Blandfords. Odiava Rafe por ter despertado seu amor por ele. Odiava a si mesma. Queria morrer.

Hannah, não seja idiota, pensou desesperadamente. Você não é a primeira mulher a sofrer por amor, nem será a última. Você vai sobreviver.

Quanto mais buscava o autocontrole, mais ele parecia lhe escapar. Tinha de encontrar um lugar onde pudesse desmoronar. Saiu para o jardim, seguindo um dos caminhos iluminados pelas tochas. Ao alcançar a pequena clareira com a fonte em forma de sereia, sentou-se em um dos duros e congelantes bancos de pedra. Quando cobriu o rosto com as mãos, as lágrimas quentes encharcaram as luvas brancas de cetim. Cada soluço rasgava seu peito como uma navalha.

E então, em meio aos suspiros dolorosos de infelicidade, ouviu alguém dizer seu nome.

Se alguém a visse assim, seria uma humilhação terrível. Hannah balançou a cabeça e se encolheu angustiada, conseguindo dizer, indefesa.

– Por favor, me deixe...

Mas um homem sentou-se ao seu lado, e ela foi envolvida por braços quentes e fortes. Sua cabeça foi puxada em direção a um peito firme.

– Hannah, meu amor... não. Não chore. – Era a voz grave de Rafe, seu cheiro familiar. Ela tentou afastá-lo, mas Rafe segurou-a com firmeza, a cabeça curvada sobre a dela. Murmurando palavras de ternura, ele acariciou o cabelo dela e beijou sua testa. Os lábios dele roçaram seus cílios molhados. – Venha, não há necessidade disso, querida. Fique calma, está tudo bem. Olhe para mim, Hannah.

O intenso prazer de ser abraçada por ele, confortada por ele, só a fez se sentir ainda pior.

– Você deveria voltar para lá – disse ela, deixando escapar alguns soluços. – Com Natalie.

Rafe acariciava as costas dela em círculos firmes.

– Hannah, querida. Por favor, acalme-se para podermos conversar.

– Eu não quero falar...

– Eu quero. E você vai me ouvir. Respire fundo. Boa menina. De novo. – Rafe a soltou para tirar seu casaco de noite e colocá-lo em volta do corpo trêmulo de Hannah. – Não achei que Blandford fosse fazer o anúncio tão depressa – disse ele, puxando-a para mais perto –, ou teria tentado falar com você primeiro.

– Não importa – disse ela enquanto seu desespero se transformava em raiva. – Nada importa. Nem tente...

Rafe cobriu a boca de Hannah com a mão e olhou para ela. Iluminado pelas tochas, seu rosto estava parcialmente encoberto pelas sombras, seus olhos escuros brilhavam. Sua voz era quente e rouca, e carinhosamente repreensora. – Se tivesse ficado no salão de baile por mais trinta segundos, minha amada impulsiva, você teria ouvido Blandford anunciando o noivado de Natalie com lorde Travers.

O corpo inteiro de Hannah ficou rígido. Ela não conseguia nem respirar.

– Com a exceção de uma pequena coisa que tive de fazer na vila – continuou Rafe –, passei o dia conversando com meus pais, os Blandfords, Westcliff... e, o mais importante, com Natalie. – Ele tirou a mão da boca de Hannah e revirou o bolso do casaco. Então pegou um lenço e enxugou com suavidade seu rosto úmido. – Eu disse a ela que – continuou ele –, por mais linda e atraente que a achasse, não poderia me casar com ela, porque nunca poderia gostar dela da maneira que merecia. Porque eu tinha me apaixonado, profundamente e para todo o sempre, por outra pessoa. – Ele sorriu vendo os olhos atordoados de Hannah. – Acredito que ela tenha ido direto falar com Travers depois disso, e, ao reconfortá-la e aconselhá-la, ele provavelmente confessou seus próprios sentimentos. Espero que ela não tenha decidido ficar noiva por impulso só para não ficar sem graça. Mas isso não é da minha conta.

Então, envolvendo o rosto de Hannah em suas mãos, Rafe esperou que ela dissesse alguma coisa. Ela só balançou a cabeça, aturdida demais para conseguir falar.

– Naquele dia na biblioteca – disse ele –, quando quase fiz amor com você, percebi depois que eu queria ter sido pego. Queria que tivessem nos flagrado, queria qualquer coisa que me permitisse ficar com você. E percebi então que não poderia me casar com Natalie, porque a vida é muito longa para dividi-la com a mulher errada.

Sua cabeça e seus ombros ocultaram a luz das tochas quando ele se curvou sobre Hannah, sua boca tomou a dela em um beijo lento e penetrante. Ele conseguiu fazer os lábios trêmulos dela se abrirem, explorando-a com uma ternura ardente que fez o coração dela bater com uma força dolorosa. Ela arfou quando sentiu a mão dele deslizar para dentro do casaco, acariciando a macia pele exposta pelo corpete decotado de seu vestido de baile.

– Querida Hannah – sussurrou ele –, quando vi você chorando agora, pensei: "Por favor, Deus, que seja porque ela gosta deste terrível canalha que eu sou. Que ela me ame pelo menos um pouco."

– Eu estava chorando – ela conseguiu dizer – porque meu coração estava em prantos só de pensar que você se casaria com outra pessoa. – Ela teve de firmar o queixo contra um tremor de emoção. – Porque eu... eu queria você para mim.

O brilho da paixão nos olhos dele fez o coração dela disparar.

– Então tenho algo a lhe perguntar, meu amor, mas primeiro você precisa entender... Não vou herdar a saboaria da família. Mas isso não significa que não posso cuidar de você. Sou um homem rico por meu próprio mérito. E vou pegar tudo o que ganhei de maneira não muito justa e usar de uma boa forma. Há oportunidades em todos os lugares.

Hannah tinha dificuldades para pensar com clareza e precisava se concentrar para entender o que ele dizia, como se estivesse traduzindo uma língua estrangeira.

– Você foi deserdado? – sussurrou finalmente, preocupada.

Rafe, então, se afastou um pouco dela e assentiu. Seu rosto estava sério e decidido.

– Foi melhor assim. Algum dia no futuro, meu pai e eu talvez possamos encontrar uma maneira de nos aceitarmos. Mas, enquanto isso, não vou viver de acordo com o que nenhum homem determina.

Ela levou a mão ao rosto dele, acariciando-o suavemente.

– Não queria que você fizesse um sacrifício assim tão grande por mim.

Os olhos dele se fecharam ao toque dela.

– Não foi um sacrifício, foi a minha salvação. Meu pai vê isso como uma fraqueza, é claro, mas eu lhe disse que não sou menos homem por amar alguém assim. Na verdade, sou mais homem agora. E você não tem obrigação alguma, sabe? Não quero que você...

– Rafe – disse ela, hesitante. – Obrigação não faz parte do que sinto por você.

O olhar no rosto dele fez com que ela derretesse por dentro. Pegando uma de suas mãos, ele tirou a luva dela sem pressa, puxando suavemente nas pontas para soltá-la. Depois de tirar o cetim branco, ele beijou as costas da sua mão e colocou a palma de Hannah contra seu rosto quente e bem barbeado.

– Hannah, eu amo você quase mais do que posso suportar. Quer você me queira, quer não, eu sou seu. E não tenho certeza do que vai acontecer comigo se eu tiver de passar o resto da minha vida sem você. Por favor, case-se comigo para que eu possa parar de tentar ser feliz e passe finalmente a *ser* feliz. Sei que isso tudo aconteceu muito depressa, mas...

– Algumas coisas não podem ser medidas pelo tempo – disse Hannah com um sorriso trêmulo.

Rafe ficou imóvel e lançou-lhe um olhar confuso.

– Uma das empregadas encontrou uma carta de amor meio queimada na lareira do seu quarto – explicou Hannah –, e levou para Natalie, que me mostrou. Natalie achou que fosse para ela.

Mesmo na escuridão, ela pôde ver Rafe ficar vermelho.

– Bem, mas que diabo – disse ele em tom pesaroso. Então puxou-a para perto e sussurrou contra sua orelha. – Era para você. Cada palavra era sobre você. Você deve ter percebido quando leu.

– Eu queria que fosse sobre mim – disse Hannah timidamente. – E... – seu rosto também corou – ... as coisas que você escreveu, eu queria tudo aquilo também.

Ele riu baixinho e se afastou para olhar para ela.

– Então me dê sua resposta. – E lhe deu um beijo breve e apaixonado. – Diga, ou terei de continuar beijando você até se render.

– Sim – disse ela, ofegante de alegria. – Sim, eu me caso com você. Porque eu também amo você, Rafe, eu amo...

Ele tomou a boca de Hannah com a sua e beijou-a avidamente, despenteando seu cabelo. Ela não se importou nem um pouco. Sua boca era quente, deliciosa, consumindo-a com suaves carícias sensuais, depois invadindo-a com força. Hannah correspondia apaixonadamente, tremendo em seus braços enquanto o corpo dela tentava acomodar aquele excesso de prazer que a inundava depressa demais.

Rafe correu seus lábios entreabertos lentamente pelo pescoço de Hannah, excitando terminações nervosas e deixando uma trilha de fogo em seu rastro. Sua boca escorregou até o seu colo, e, dentro do confinamento do corpete, ela sentiu os bicos de seus seios enrijecerem, sensíveis.

– Hannah – sussurrou ele, cobrindo sua pele de beijos febris –, nunca quis tanto alguém assim. Você é linda em todos os sentidos... e tudo o que descubro sobre você me faz amá-la mais... – Ele levantou a cabeça e balançou-a firmemente como para se lembrar de onde estava. Um sorriso atrevido surgiu em seus lábios. – Meu Deus, é melhor que o noivado seja curto. Aqui, me dê sua mão... não, a outra. – Ele procurou em um dos bolsos do casaco e pegou um pequeno aro brilhante. Um anel de prata com uma pedra vermelha. – Fui à vila hoje por isso – disse ele, colocando o anel no quarto dedo da noiva. – Vou comprar um de diamante para você em Londres, mas precisávamos começar com alguma coisa.

– É perfeito – disse Hannah, admirando o anel com brilho nos olhos. – Essa pedra significa amor duradouro. Você sabia disso?

Ele balançou a cabeça, encarando-a como se ela fosse um milagre.

Então Hannah envolveu-o em seus braços e o beijou impulsivamente. Rafe inclinou sua cabeça, possuindo seus lábios com uma urgência erótica e suave. Ela correu as mãos pelas linhas fortes do corpo dele em uma exploração tímida, mas ardente, até senti-lo estremecer.

Arfando, ele a afastou.

– Hannah, querida, eu... cheguei ao meu limite. Temos que parar.

– Eu não quero parar.

– Eu sei, amor, mas tenho de levá-la de volta lá para dentro antes que todos deem pela nossa falta.

Tudo nela se rebelava ao pensar em voltar para o salão de baile grande e lotado. A conversa, a dança, a longa ceia formal... seria uma tortura, quando tudo que ela queria era estar com ele. Então, ousadamente, Hannah estendeu a mão para brincar com os botões do colete dele.

– Leve-me para a casa de solteiro. Tenho certeza de que está vazia. Todos estão na mansão.

Ele lançou-lhe um olhar cheio de desejo.

– Se eu fizesse isso, querida, não haveria como você sair de lá com sua inocência intacta.

– Quero que você me possua – disse ela.

– Você quer? Por quê, amor?

– Porque quero ser sua em todos os sentidos.

– Você já é – murmurou ele.

– Não dessa forma. Não ainda. E, mesmo que você não me tenha, vou dizer a todos que foi o que fez. Então é melhor você fazer de verdade.

Rafe riu da ameaça.

– Nos Estados Unidos – disse a ela –, diríamos que você está tentando selar o negócio. – Então, ele delicadamente pegou seu rosto entre as mãos e acariciou as suas bochechas com os polegares. – Mas você não precisa disso, querida. Não há nada no mundo que me impeça de me casar com você. Você pode confiar em mim.

– Eu confio em você, mas...

Ele ergueu as sobrancelhas.

– Mas?

A pele sob os dedos dele ficou alguns graus mais quente.

– Eu quero você. Quero estar com você. Como você escreveu na carta.

Ele, então, abriu um daqueles sorrisos lentos que provocavam arrepios quentes e frios pela espinha dela.

– Nesse caso... talvez eu não tenha muita opção.

Rafe puxou Hannah do banco e a levou para a casa de solteiro. Lutou com ele mesmo a cada passo do caminho, sabendo que a coisa certa a fazer era levá-la de volta à mansão sem demora. E, no entanto, o desejo de ficar a sós com ela, de abraçá-la na intimidade, era simplesmente avassalador demais para resistir.

Eles entraram na casa de solteiro, com seus móveis escuros, paredes com painéis e luxuosos tapetes. Os carvões brilhavam na lareira do quarto, espalhando um brilho amarelo e laranja pelo chão.

Rafe acendeu um lampião na cabeceira, deixando a luz baixa, e virou-se para olhar para Hannah. Ela havia tirado seu casaco e estava tentando soltar as costas do vestido de baile. Ele viu a expressão no rosto dela, procurando parecer indiferente como se ir para a cama com um homem fosse algo normal, e foi invadido por uma sensação de alegria e ternura, e também pela mais profana luxúria que já tinha sentido.

Rafe estendeu o braço, fechando suas mãos sobre as dela.

– Você não tem de fazer isso – disse ele. – Vou esperar por você. Vou esperar o tempo que for necessário.

Hannah soltou as mãos e passou-as por trás do pescoço dele.

– Não consigo pensar em nada que eu queira mais – disse ela.

Ele se inclinou para beijá-la, parando apenas para murmurar:

– Ah, amor, nem eu.

Lentamente, ele removeu as camadas de seda e linho, desatou o espartilho dela e enrolou as meias de suas pernas. Quando todas as peças se foram e ela estava estendida na cama diante dele, corada, Rafe deixou o olhar vagar pelo corpo esbelto e soltou um suspiro. Ela era tão linda, tão inocente e confiante. Ele tocou um dos seios dela, moldando-o suavemente com os dedos.

Hannah ergueu o olhar até o rosto dele.

– Você está nervoso? – perguntou ela com um toque de surpresa.

Rafe assentiu, roçando o polegar sobre um mamilo cor-de-rosa e observando-o endurecer.

– Nunca foi um ato de amor para mim antes.

– E isso torna as coisas diferentes?

Um sorriso irônico tomou os lábios dele ao pensar nisso.

– Não tenho certeza, mas há uma maneira de descobrir.

Ele se despiu e se deitou ao lado dela, envolvendo-a carinhosamente em seus braços. Apesar do desejo que o agitava, ele a pressionou contra o seu corpo com uma delicadeza controlada, deixando que ela o sentisse. Só depois deslizou uma das mãos sobre o traseiro dela, acariciando-o em círculos envolventes.

Ela ficou sem ar ao sentir o corpo dele contra o dela. Uma pequena mão foi até o peito dele, explorando delicadamente.

– Rafe... como devo tocá-lo?

Ele sorriu e beijou o pescoço dela, saboreando sua suavidade e seu cheiro feminino.

– Em qualquer lugar, amor, como você quiser.

Ele ficou imóvel enquanto ela brincava com os poucos pelos no seu peito.

Olhando fixamente nos olhos de Rafe, Hannah deixou sua palma deslizar para os músculos do abdômen dele, acariciando até eles se contraírem em resposta. Ela tateou um pouco, tocando seu corpo excitado, o comprimento duro e macio pulsando de desejo masculino. Hannah fez algumas carícias hesitantes e a reação dele foi tão forte que ele arfou com a sensação que se intensificava.

– Hannah – ele conseguiu dizer, estendendo a mão para afastar a dela. – Mudança de plano. Na próxima vez... – ele parou, lutando para manter o controle –, você pode explorar o quanto quiser, mas, por enquanto, deixe-me fazer amor com você.

– Eu fiz algo errado? Você não gostou do jeito que eu...

– Eu gostei demais. Se eu gostasse mais, tudo terminaria em menos de um minuto. – Então ele se ergueu por cima de Hannah e beijou todo o corpo dela e demorou-se em seus seios, puxando-os, provocando-os e mordendo-os suavemente. Ele se deliciou com a intensa reação dela, o rubor da excitação, a maneira instintiva como ela se movia em direção a ele para seguir a fonte do prazer.

Então, Rafe abriu as coxas dela e descansou sua mão no meio, encaixando sua palma sobre o triângulo aveludado. E ele a segurou suavemente até ela se contorcer e gemer, precisando de mais. Deslizando para baixo, Rafe beijou a barriga de Hannah, deixando sua língua traçar círculos delicados em torno do umbigo dela. Ele nunca estivera tão excitado, tão completamente absorto no prazer de outra pessoa. A intimidade era quase insuportável. Ele respirava rápida e ofegantemente quando encontrou a entrada do corpo dela e provocou-a, passando a ponta do dedo em volta.

– Hannah, querida – sussurrou ele –, relaxe para mim. – Então enfiou o dedo naquele calor luxuriante e úmido, que pressionava sua mão com força. Senti-la era algo tão delicioso, que deixou escapar um gemido. – Tenho de beijá-la aqui, tenho de sentir seu gosto. Não, não tenha medo... só me deixe... ah, Hannah, meu amor... – Ele passou sua boca direto pelas dobras e procurou avidamente a pequena projeção dura e sedosa. Seus sentidos foram tomados por um prazer radiante, todos os seus músculos retesados de desejo. O gosto dela, salgado e feminino, era insanamente excitante. Ele passou a língua por ela, estimulando-a em círculos, deleitando-se com os gritos indefesos que ela emitia. Então deslizou o dedo mais profundamente, e de novo, mostrando-lhe o ritmo.

Ela estendeu os braços com um grito, segurando a cabeça dele. Com uma habilidade carinhosa, ele a levava ao clímax, deliciando-se com o seu calor macio e pulsante. Muito tempo depois que o corpo dela se acalmou, ele prosseguiu, passando a língua pelo seu calor rosado, levando-a a um estado entorpecido.

– Rafe – disse ela, decidida, puxando-o para cima dela.

Sorrindo, ele subiu o corpo, olhando em seus olhos verdes embriagados.

– Mais – sussurrou ela, e passou os braços pelas costas dele. – Quero mais de você.

Então, murmurando o nome de Hannah, Rafe baixou o corpo até o aconchego das suas coxas. E foi invadido por uma onda de satisfação primitiva ao sentir aquela maciez se abrindo para ele. Penetrou então a carne resistente, tão quente, tão molhada, e, quanto mais fundo ia, mais firmemente ela se fechava ao seu redor. Ele arremeteu bem fundo e ficou, tentando não machucá-la. Aquilo era diferente de tudo que já havia sentido antes, um prazer além da imaginação. Então tomou o rosto de Hannah em suas mãos e a beijou, enquanto seus sentidos estavam em êxtase.

– Desculpe, amor – disse ele com voz gutural. – Sinto muito por machucar você.

Hannah sorriu e o puxou para perto dela.

– Como um estrangeiro entra em um país desconhecido... – sussurrou contra a orelha dele.

Rafe soltou uma leve risada.

– Deus, você nunca vai me deixar esquecer essa carta, vai?

– Eu nem cheguei a lê-la toda – disse ela. – Partes dela foram queimadas, e agora nunca vou saber tudo o que você escreveu.

– As passagens que você perdeu provavelmente eram sobre isso – murmurou ele, enfiando delicadamente mais fundo nela. Os dois ficaram sem ar e imóveis, desfrutando aquela sensação. Rafe sorriu. – Escrevi muito sobre isso.

– Diga o que você escreveu.

Ele sussurrou em seu ouvido palavras de amor e elogios íntimos, e todo o desejo que sentira. E, a cada palavra, ele sentia algo se abrindo dentro dele, uma sensação de liberdade, poder e ternura. Ela se movia com ele, acolhendo-o mais fundo, e o êxtase de senti-la se juntar a ele percorreu seu corpo de forma violenta, levando-o a uma liberação transcendente e avassaladora.

De fato... O amor transformava tudo.

~

Rafe ficou abraçado a Hannah ainda por um longo tempo. Sua mão acariciava suavemente as costas e o quadril dela. Ele parecia não conseguir deixar de tocá-la. Hannah se aconchegou na curva de seu braço, o corpo pesado e saciado.

– Isso está mesmo acontecendo? – sussurrou ela. – Parece um sonho.

Seu peito foi tomado por uma forte emoção.

– Vai parecer bem real amanhã de manhã, quando eu levá-la de volta à mansão, uma mulher com a reputação arruinada... Se eu já não tivesse contado a Westcliff sobre minhas intenções de me casar com você, diria que ele iria me receber com um chicote.

– Você não vai me levar de volta esta noite? – perguntou ela, satisfeita com a surpresa.

– Não. Em primeiro lugar, desarrumei seu penteado. Em segundo lugar, não tenho energia para sair desta cama... E em terceiro... há uma grande possibilidade de eu não ter terminado com você ainda.

– São todas razões muito boas. – Ela se sentou e tirou os grampos de pérola que restavam no seu cabelo. Então se inclinou sobre Rafe para colocá-los na mesa de cabeceira. Pegando o tronco dela em suas mãos, ele segurou-a sobre seu corpo e beijou os seios dela. – Rafe – protestou ela.

Ele parou, olhando para o rosto corado dela e sorriu.

– Recatada? – perguntou ele suavemente, e deitou-a na curva de seu braço mais uma vez. Em seguida, beijou a sua testa. – Bem, casar-se comigo vai curá-la disso em breve.

Hannah apoiou o rosto no peito de Rafe, e ele pôde sentir o seu sorriso.

– O que foi? – perguntou ele.

– Nossa primeira noite juntos. E nossa primeira manhã será uma manhã de Natal.

Rafe acariciou o seu quadril nu.

– E eu já desembrulhei meu presente.

– É bem fácil lhe dar algo – disse ela, fazendo-o rir.

– Sempre. Porque Hannah, meu amor, o único presente que sempre vou querer... – ele fez uma pausa para beijar os seus lábios sorridentes – ... é você.

Epílogo

Na manhã de Natal, Matthew Swift caminhou até a casa de solteiro, com os sapatos e a bainha do casaco cobertos de neve fresca. Ele bateu à porta e esperou pacientemente Rafe ir atender. E, com um sorriso irônico, Swift disse ao cunhado:

– Tudo o que posso dizer é que todo mundo está falando, então é melhor você se casar com ela depressa.

Rafe, evidentemente, nem discutiu.

Swift também informou que, tocado pelo espírito das festas (e da pressão combinada de toda a família), Thomas Bowman tinha reconsiderado sua decisão de deserdar Rafe e queria fazer as pazes. Mais tarde, sobre canecas de uma bebida quente feita com frutas, vinho tinto e do Porto, os homens chegaram a um acordo possível.

Rafe não concordou em entrar na sociedade com o pai, percebendo que isso seria, sem dúvida, uma fonte de conflito futuro entre eles. Em vez disso, entrou em uma sociedade altamente lucrativa com Simon Hunt e Westcliff, e dedicou seus talentos à fabricação de motores de locomotivas. Isso tirou um peso enorme dos ombros de Hunt, o que deixou Annabelle feliz e permitiu que Rafe e Hannah ficassem na Inglaterra, para a alegria de todos.

Com o tempo, Thomas Bowman acabou esquecendo que Hannah não era a nora que originalmente desejara para Rafe, e uma sólida afeição se desenvolveu entre eles.

Natalie se casou com lorde Travers, e eles foram muito felizes juntos. Ela confidenciou a Hannah que, quando fora atrás de Travers em busca de consolo na véspera de Natal, ele finalmente a beijara, e tinha sido um beijo pelo qual valera a pena esperar.

Algum tempo depois, Daisy terminou de escrever seu romance, que foi publicado e se tornou um grande sucesso de vendas, ainda que não tenha sido aclamado pela crítica.

Evie deu à luz mais tarde naquele ano uma menina alegre e cheia de vida, de cachos avermelhados, levando St. Vincent à conclusão de que era seu destino ser amado por mulheres ruivas, o que o deixou muito feliz.

Hannah e Rafe se casaram no fim de janeiro, mas consideraram o Natal como seu verdadeiro aniversário de casamento e comemoravam sempre nesta data. A cada véspera de Natal, Rafe escrevia uma carta de amor e a deixava no travesseiro de Hannah.

Samuel Clark contratou uma nova assistente, uma jovem competente e agradável. Ao descobrir o formato auspicioso de seu crânio, casou-se com ela sem demora.

Em 1848, uma xilogravura da rainha e do príncipe Albert ao lado de sua árvore de Natal foi publicada no *The Illustrated London News*, popularizando o costume até que cada salão fosse agraciado com uma árvore decorada. Depois de ver a ilustração, Lillian observou com certa satisfação que sua árvore era muito mais alta.

A peruca de Thomas Bowman nunca foi encontrada. Mas ele se contentou em receber um chapéu muito elegante de presente de Westcliff no Natal.

CONHEÇA OS LIVROS DE LISA KLEYPAS

De repente uma noite de paixão
Mais uma vez, o amor
Onde nascem os sonhos
Um estranho nos meus braços

OS HATHAWAYS
Desejo à meia-noite
Sedução ao amanhecer
Tentação ao pôr do sol
Manhã de núpcias
Paixão ao entardecer
Casamento Hathaway (e-book)

AS QUATRO ESTAÇÕES DO AMOR
Segredos de uma noite de verão
Era uma vez no outono
Pecados no inverno
Escândalos na primavera
Uma noite inesquecível

OS RAVENELS
Um sedutor sem coração
Uma noiva para Winterborne
Um acordo pecaminoso
Um estranho irresistível
Uma herdeira apaixonada
Pelo amor de Cassandra
Uma tentação perigosa

OS MISTÉRIOS DE BOW STREET
Cortesã por uma noite
Amante por uma tarde
Prometida por um dia

CLUBE DE APOSTAS CRAVEN'S
Até que conheci você
Sonhando com você

Para saber mais sobre os títulos e autores da Editora Arqueiro,
visite o nosso site e siga as nossas redes sociais.
Além de informações sobre os próximos lançamentos,
você terá acesso a conteúdos exclusivos
e poderá participar de promoções e sorteios.

editoraarqueiro.com.br